Èric i l'Exèrcit del Fènix

Èric i l'Exèrcit del Fènix

Acusat de voler viure en català

Èric Bertran

Pròleg de Víctor Alexandre

Proa

Disseny de la coberta: Toni Garriga

Primera edició: febrer del 2006
Segona impressió: març del 2006

Drets exclusius d'aquesta edició:
Enciclopèdia Catalana, SAU
Josep Pla, 95
08019 Barcelona
proa@grec.com
www.edicions-proa.com

ISBN: 84-8437-853-5
Dipòsit Legal: B-13.964-2006
Maquetació: Barreras & Creixell
Impressió: Romanyà/Valls
Verdaguer, 1. Capellades (Barcelona)

Als milers de persones que m'han donat suport
i a la gent que mai no abandona la lluita
per defensar el català i alliberar
els Països Catalans.

Culpable de catalanitat

Aquest llibre és el testimoni d'una anormalitat. Una anormalitat lingüística, sens dubte, però també una anormalitat política, perquè només en el si d'una societat en llibertat condicional i, per tant, subordinada a la voluntat d'una altra, són possibles uns fets com els que descriuen aquestes pàgines. Es tracta de la narració en primera persona de les conseqüències que va tenir per a l'autor, un nen de catorze anys, la seva demanda de respecte a la llengua catalana adreçada a unes empreses comercials establertes als Països Catalans. La resposta li va arribar sis dies després, una nit de setembre de l'any 2004, amb la irrupció a casa seva d'un escamot integrat per vint guàrdies civils armats fins a les dents. Va ser així com l'Èric Bertran, aquest és el seu nom, es va convertir d'un dia per l'altre en un terrorista, *en un perill públic estigmatitzat per la complicitat entre l'aparell judicial espanyol i els enemics de la llengua catalana. Ningú en tot aquest procés no va fer el més mínim gest per aturar l'aberració que s'estava cometent. Ans al contrari, tant les persones com els fets semblen sorgits d'una antologia del franquisme. Són altament il·lustratius, en aquest sentit, els capítols protagonitzats per la fiscal i la psicòloga de l'Audiència Nacional, que, a més de menystenir les amenaces de mort que l'Èric havia rebut d'un grup feixista, van aprofitar per alliçonar-lo sobre els* valors *de la Constitució, de la selecció i de la bandera espanyoles.*

«¡Di que eres español! ¡Dilo o te encierro! ¡A que te encierro...!», *aquestes frases són només una petita mostra de les coaccions a què va ser sotmès aquest nen durant dos dies per la justícia espanyola. No estem parlant, per tant, d'un episodi de la llarga nit del franquisme, sinó del sistema judicial del govern* democràtic, progressista, dialogant *i* d'esquerra *de José Luis Rodríguez Zapatero. Aquesta és la raó per la qual l'Èric ha volgut fer pública la seva experiència, per obrir els ulls a molta gent sobre l'autèntica veritat que s'amaga darrere de l'Espanya plural dissenyada pels departaments de màrqueting d'uns partits polítics molt concrets. La narració dels fets ens demostra la persecució que es practica a l'Estat en contra del pensament lliure no espanyolitzat i fins a quin punt arriben els intents d'associar l'independentisme pacífic i democràtic amb el terrorisme més violent. Així doncs, segons l'informe elaborat per l'equip de psicòlegs de la fiscalia, el fet que l'Èric defensi tant la seva identitat nacional com la seva llengua i sigui espectador de TV3, tingui una mare que respon en català l'entrevista que se li fa i una família* «partidaria de la corriente nacionalista independentista catalana» *són elements tan inquietants i perillosos que aconsellen que se l'integri en un programa destinat a la prevenció de la violència.*

Per sort, tot això ja és història i el cas, davant l'absència de delicte, ha estat finalment arxivat. Però si aquest procés iniciat l'any 2004 per l'Estat espanyol contra l'Èric Bertran està tancat, no es pot dir el mateix del procés obert per l'Èric Bertran contra l'Estat espanyol. No es pot criminalitzar impunement un nen de catorze anys; no se'l pot sotmetre a assetjament moral i psicològic, vulnerar els seus drets més elementals i tractar-lo com un terrorista sense que hi hagi conseqüències jurídiques per als responsables civils i subsidiaris d'aquesta infàmia. Una infàmia que revaliden alguns professors del seu institut negant-li tota mena de suport i suggerint-li, fins i tot, que es busqui un altre centre. Per això hi ha una història que comença just allà on el llibre acaba; és la història d'un nen català que entén que portar al Tribunal Europeu dels Drets Humans d'Estrasburg i al Tribunal Internacional de Justícia de les Nacions Unides la iniquitat de què ha estat objecte forma part de la mateixa lluita civilitzada en defensa de la llengua i dels drets nacionals del poble català. I és que aquesta és la qüestió. A l'Èric no se l'ha perseguit per escriure un correu electrònic demanant l'etiquetatge en català, se l'ha perseguit perquè amb el seu comportament ha creat consciència lingüística i dignitat nacional, justament els dos grans enemics del nacionalisme espanyol i dels seus acòlits.

Qui són, això no obstant, més enllà de l'Estat espanyol, els responsables de fons del drama viscut per l'Èric? No hi té res a dir la nostra classe política, incapaç fins ara d'elaborar una llei que obligui a etiquetar en català tots els productes fabricats o distribuïts al Principat? Està bé donar suport moral a l'Èric –hi ha polítics i partits que s'han comportat meravellosament amb ell–, però el seu cas no hauria existit si en lloc de la política cataplàsmica desenvolupada fins ara s'haguessin esmerçat les energies necessàries per aconseguir l'autèntica normalització lingüística del país. Hi ha una cosa que els catalans han de saber, i és la immensa hipocresia que embolica tot el tema de la llengua. Només un partit polític, només un, ERC, va votar a favor que el nou Estatut inclogués l'obligatorietat d'etiquetar tots els productes en català. PSC, PP i ICV van votar-hi en contra i CiU es va abstenir (que és el mateix que votar en contra, però amb més covardia). Tots en contra! No és, aleshores, d'una hipo-

cresia escandalosa que aquells que donen copets catalanistes a l'esquena de l'Èric siguin els mateixos que perpetuen la indignitat que ell denunciava? Tan immadurs som que no ens veiem amb cor d'exigir el compliment dels nostres drets? El nou Estatut aprovat pel Parlament català diu: «Els poders públics de Catalunya han de promoure que les dades que figurin en l'etiquetatge, en l'embalatge i en les instruccions d'ús dels productes distribuïts a Catalunya constin almenys en català.» Cap obligació. I quan es faci alguna promoció, com que provindrà dels poders públics, la pagarem els consumidors catalans, mai les empreses. És a dir, que el nou Estatut consagra que la llengua catalana visqui el proper quart de segle en les mateixes condicions d'indefensió, ocultació, discriminació i submissió que ha viscut en l'anterior. El cas de l'Èric Bertran diu coses de nosaltres que ens haurien de fer reflexionar, ens diu que en un país on els grans es comporten com nens, els nens es veuen obligats a fer la feina dels grans. Aquesta és la crua realitat, que la llengua catalana no està normalitzada a Catalunya perquè la seva classe política no ho vol. Així de dur i així de clar.

És la mateixa realitat que ens diu que més de trenta anys després de la mort d'en Franco, a les farmàcies, a les botigues de roba o d'electrodomèstics, a les drogueries, a les ferreteries o a les perfumeries no hi ha ni un sol producte etiquetat en català. Ni un! Això significa que si els catalans dels anys quaranta, en el moment àlgid del franquisme, haguessin pogut viatjar a través del temps fins als nostres dies i entrar en aquestes botigues haurien vist que, transcorreguts gairebé setanta anys i ultrapassades tres generacions, estem exactament igual que aleshores. No ens hauria de fer caure la cara de vergonya, això? És per aconseguir la pervivència d'aquesta anormalitat que hem arribat fins aquí?

Una altra qüestió és la que afecta el president de Catalunya. El silenci vergonyós amb què Pasqual Maragall va respondre les reiterades peticions d'ajuda que l'Èric li va fer durant tot el procés demostra la complicitat del seu partit –que el 29 de juliol de 2005 va votar al costat del PP en contra dels drets històrics de Catalunya– amb el manteniment d'aquesta realitat. És, consegüentment, la falta de voluntat política per tal de fer de la llengua catalana alguna cosa més que un amic invisible, allò que explica la necessitat que encara tenim d'entitats com la CAL, la Plataforma per la Llengua, Òmnium Cultural, Obra Cultural Balear o Acció Cultural del País Valencià. Perquè allò que no fan els governants ho ha de fer la societat.

Però la societat tampoc no fa prou. Després de tants anys de veure'ns privats de la capacitat de decidir per nosaltres mateixos, es diria que hem acabat per acomodar-nos en el llit del conformisme. «Ets un valent, Èric. Gràcies en nom dels que no ho som tant», diu un dels missatges de suport recollits en aquest llibre. I de què tenim por?, hauríem de preguntar-nos. Si som ciutadans d'un Estat de dret, quin sentit té la nostra por? N'hi ha prou que hi pensem una mica per adonar-nos que por i democràcia són termes antagònics: allà on hi ha democràcia no hi ha por, i allà on hi ha por no hi ha democràcia.

No tota la culpa és dels polítics, per tant. També nosaltres hauríem de dir alguna cosa, també nosaltres hauríem de lluitar per la llengua. Per començar, estaria bé que prenguéssim consciència de la immensa força que tenim com a consumidors. Si nosaltres volem, si la nostra autoestima és elevada, no hi haurà cap empresa que no inclogui el català en els seus productes i catàlegs. Per aconseguir-ho, no calen grans esforços. N'hi ha prou que mostrem la mateixa dignitat que mostren els espanyols, els francesos o els portuguesos amb relació a la seva llengua. «Sense llengua, no hi ha consum»; aquesta ha de ser la nostra resposta. Consumim només aquells productes etiquetats en català, premiem l'ètica dels empresaris que respecten la nostra llengua i castiguem amb la nostra indiferència tots aquells que la menyspreen.

El cas de l'Èric Bertran, com sabem, està emparentat amb les novel·les de Harry Potter perquè va ser en nom de l'Exèrcit del Fènix que l'Èric va enviar els seus correus. Doncs bé, la subtitulació al català de Harry Potter i la pedra filosofal, *la primera pel·lícula sobre el personatge, va constituir una gran victòria de la societat catalana, una victòria que ha comportat el doblatge posterior de totes les pel·lícules de la sèrie. Són aquests –com la victòria del* .cat*– els exemples en els quals ens hem d'emmirallar, no en els del cofoisme, el conformisme o la pusil·lanimitat.*

Poc abans de la publicació d'aquest llibre, l'Èric em va confessar que cada cop que el llegia no podia evitar reviure les situacions que s'hi descriuen. Era la conseqüència lògica després d'haver-se convertit, amb només catorze anys, en un personatge clàssic de Hitchcock, el de la persona acusada injustament d'un delicte que no ha comès i obligada, per tant, a demostrar la seva innocència. L'Èric, per sort, ja l'ha demostrada, la innocència. Però els fets d'aquesta odissea han estat tan colpidors que faci el que faci a la vida, per anys que passin, el seu ressò l'acompanyarà sempre.

Per això aquest llibre és també el fruit d'una necessitat, la necessitat del seu autor d'expressar-se i de fer públics els seus sentiments d'indignació per les vexacions sofertes i pel desequilibri emocional que aquests fets, en el seu conjunt, li van produir. Malgrat tot, val a dir-ho, el text no fa cap concessió al dramatisme. Al contrari, el lector hi trobarà, a més d'ironia, un sentit de l'humor molt propi d'escenaris, diàlegs i situacions típicament berlanguians i de l'esperpent valleinclanesc. Cosa, per cert, que no ens hauria de fer oblidar que una cosa és la narració dels fets i una altra els fets en si mateixos. Vull dir que tots tendim a somriure quan revivim algun episodi trasbalsador del passat, però sabem molt bé que aquest somriure tardívol té poc a veure amb el patiment, la por o el dolor que vam experimentar mentre el vivíem.

L'Èric, tanmateix, fa referències constants a la força que li va transmetre l'escalf de la gent. Aquest factor va ser determinant per a ell. D'aquí que la petita maleta on guardava els missatges de suport esdevingués a Madrid la seva companya més preuada. Tot i així, a banda del seu germà Adam, que com demostra el llibre també va patir-ne les conseqüències, crec que ningú no ha estat tan important en aquesta història com els seus pares, la Rosa Maria i el Ferran. D'una banda, perquè ells han forjat el seu caràcter i li han transmès uns valors ètics de defensa pacífica però ferma del dret a ser. De l'altra, perquè, lluny de fer-li retrets que l'haurien trencat literalment per dins, l'han reafirmat en les seves conviccions. En aquest sentit, cal destacar l'angoixa viscuda per la mare quan es troba atrapada entre el desig de ser conseqüent amb les seves conviccions ideològiques i la necessitat de protegir el seu fill. Aquests aspectes són molt presents en la narració i expressen perfectament la impotència que l'Èric sentia pel fet de ser un menor i no poder dir allò que pensava. Però hi ha, també, una altra qüestió que les pàgines del llibre transmeten, i és la crida de l'Èric a la unitat dels Països Catalans. És a dir, a superar totes aquelles diferències internes que ens allunyen del nostre objectiu i a prioritzar la consecució d'un reconeixement internacional per a la llengua i per al país. Un país lliure, plenament sobirà i independent, com lliures, plenament sobirans i independents són tots aquells pobles amb consciència de la seva existència i dels seus drets.

En sentirem a parlar molt més, de l'Èric, n'estic convençut. El nen intel·ligent que és avui esdevindrà un home que farà grans aportacions a la normalitat lingüística i nacional del seu país. Llegint el drama personal que li va tocar viure no descobrireu tan sols un ésser humà amb una integritat moral extraordinària, també retrobareu valors com l'ètica, la lleialtat o la perseverança. L'ètica de lluitar per una causa justa, la lleialtat de defensar el dret a ser d'un poble i la perseverança en la noble fita de guanyar-nos el respecte de nosaltres mateixos.

VÍCTOR ALEXANDRE

Introducció

Tot i que en llegir-la us pugui semblar una fantasia, aquesta història és ben real. I l'he viscuda jo.

Us mostraré fins a quin punt estem perseguits els qui defensem la llengua catalana i a quines conseqüències ens enfrontem quan fem una reclamació a una empresa demanant-li l'etiquetatge en català. La reivindicació, però, s'ha de fer. Quan va passar aquesta història em semblava que la Generalitat no feia res pel català, de manera que vaig decidir fer-ho jo. Ara sí que em sembla que fa alguna cosa... Però no prou, ni de bon tros.

No escric aquest llibre per fer-vos agafar por, sinó per tot el contrari; per animar-vos a defensar la llengua catalana i perquè tothom vegi aquestes tres coses: la por que ens té Espanya, la *democràcia* en què vivim i quina mena de justícia tenim.

En aquestes pàgines no deixo ningú ni millor ni pitjor. Simplement explico els fets com van succeir. Si algú queda bé, mèrit seu. Si algú no queda tan bé, demèrit seu. Cadascú està on ell mateix s'ha posat.

Escric aquest llibre per denunciar l'Estat espanyol.

Escric aquest llibre per denunciar la Justícia.

Escric aquest llibre per exigir la meva llibertat d'expressió.

Escric aquest llibre perquè tothom vegi una de les moltes raons per les quals no podem continuar dins d'aquest Estat opressor anomenat Espanya i per animar els catalans a no agenollar-se més i a lluitar pels seus drets.

Escric aquest llibre per empènyer la gent a lluitar per la nostra llengua, pels Països Catalans i per la seva independència.

È. B.

I

La Guàrdia Civil ve de vacances a la Costa Brava

Em dic Èric Bertran, sóc un nen de quinze anys més o menys normal. Tinc uns pares, la Rosa Maria i en Ferran, i un germà, l'Adam. També tinc una gosseta que es diu Hotblack; de vegades li dic Hoty. M'agraden moltíssim els animals, navegar i la informàtica i no suporto els paràsits. Per paràsit entenc tot ésser viu que, tenint capacitat per pensar, no ho fa.

M'agrada banyar-me a mitjanit a la piscina i fer el mandra vint-i-quatre hores diàries. De vegades xerro massa i em faig pesat (però només de vegades). Sóc voluntari de la Creu Roja de Lloret-Blanes-Tossa. Faig vela al Club Nàutic d'Arenys de Mar i al Club Nàutic Lloret. Estudio cinc idiomes: català, anglès, francès, alemany i espanyol. El francès i l'alemany, però, fa molt poc que he començat a estudiar-los i encara no en sé gaire. He anat a passar uns quants dies a Alemanya per fer-hi pràctiques. També he anat a Anglaterra tres setmanes per millorar el meu anglès i he fet un intercanvi a França. Per desgràcia, no m'ha calgut anar a Espanya per aprendre espanyol.

Escric un diari personal perquè faig moltes coses al dia i, si no ho escrivís, no ho recordaria tot. Bé, la veritat és que ara fa temps que no escric res. Concretament, des del 30 de setembre de 2004. Les raons les explico en aquest llibre. Sóc membre del Consell Escolar del meu institut i m'agrada la lectura. L'estiu en què va passar tot havia tingut una xicota, es deia Marta i vivíem molt lluny l'un de l'altre. Feia poc que havíem tallat i no havíem tingut l'oportunitat d'arreglar-ho a causa de la distància.

Us dic tot això perquè veieu que sóc un nen mínimament normal. No sóc dels que es passen el dia asseguts en un banc a la placeta del poble escopint al terra. Tinc un caràcter molt decidit, però no sóc ni he estat mai violent. Sóc conscient de la discriminació que pateix la llengua catalana i un dia vaig decidir crear una pàgina web per intentar posar-hi remei. Li vaig posar el nom d'Exèrcit del Fènix perquè érem quatre amics que volíem lluitar per la renaixença dels Països Catalans, com l'au mitològica del Fènix que, quan és morta, reneix de les seves cendres. En aquesta pàgina, durant l'estiu, hi entràvem quatre amics i comentàvem algunes notícies relacionades amb la llengua i amb els Països Catalans.

Ara us explicaré el que vaig haver de patir als catorze anys per haver enviat un correu electrònic a una empresa demanant-li que etiquetés en català. També us explicaré fins a quin punt arriba l'odi i la ignorància de l'Espanya profunda, que és capaç de tancar un nen de catorze anys al costat d'assassins, terroristes, violadors...

Aquest és el text que va originar els fets que descric en aquest llibre:

«Buenas. Soy un cliente en identidad anonima. Soy del Principado de Catalunya i jefe de la organización Exèrcit del Fènix EdF i les pido que traduzcan la web i eti-

queten sus productos al catalan, es question de igualdad de derechos. Por favor, respeten a nuestra nación. Queremos productos en catalan en todos los Países Catalanes. Confio en que estudiaran la respuesta. Espero una respuesta diciendome si sí o si no. Si no recibo nada antes del día 1 de octubre del 2004 me pensaré que pasan de mí. Entonces no les pediré otra vez a las buenas, les vendrá a pedir que lo traduzcan toda mi organización i no creo que muy simpaticamente. Espero que hablando nos entenderemos, espero respuesta. Respetenos por favor. Adiós.»

Nom: Fènix
Cognoms: Catalunya Lliure
Correu electrònic: fenix_1123@hotmail.com

Aquest va ser el famós correu electrònic (faltes d'ortografia incloses) amb amenaces terroristes, bombardeig de missatges i no sé quantes coses més que s'han arribat a dir. Estava escrit en espanyol perquè les empreses l'entenguessin. Si l'hagués escrit en català l'haurien esborrat directament sense llegir-se'l. Potser no està ben redactat, però millor això que no fer res, oi? El vocabulari potser no és el més apropiat, però on és l'amenaça? Amenaça terrorista? Si algú la troba que consulti el diccionari o vagi al psicòleg. Ara seriosament: es pot comparar això amb posar una bomba? Això és terrorisme?

En aquell moment era un nen innocent, un nen de catorze anys que volia fer coses per la llengua i em vaig arribar a creure que un simple correu podria aconseguir que aquelles empreses desvergonyides respectessin el català. Evidentment estava equivocat, però se m'ha de culpar per defensar el català? Què havia de fer si la gent més gran, la que ho hauria hagut de fer, no ho feia? Seguir el seu exemple?

El correu que he reproduït en aquestes pàgines és el que vaig enviar a Supermercados DIA el 24 de setembre de 2004. Va ser el mateix dia en què també en vaig enviar dos de semblants a Mercadona i a Leche Pascual. Als dos supermercats, perquè van ser els primers que em van venir al cap; a Leche Pascual, per la seva *mala* llet.

Els dies següents van transcórrer amb normalitat. Eren els primers dies de classe, estava començant tercer d'ESO i, francament, m'ho prenia tot amb calma. Feia bon temps, anava a classe, em banyava a la piscina, feia la migdiada... L'Exèrcit del Fènix anava bé, però com que tots els membres érem, si fa no fa, de la mateixa edat, és a dir, estudiants, feia força dies que ningú no es connectava a la web.

L'EdF va començar a tenir èxit uns quants mesos abans a l'Habbo Hotel. L'Habbo Hotel és un joc d'ordinador, no una cadena d'hotels com va dir la Guàrdia Civil. Només amb això ja podeu començar a veure la gran investigació que van fer les forces i els cossos de seguretat de l'Estat. A l'Habbo Hotel teníem una sala virtual per organitzar-nos, conèixer-nos, etc. Cada dia anàvem una estona a altres sales a cybermanifestar-nos per demanar l'Habbo Hotel en català. D'això, en dèiem atacar. El mateix dia que vaig enviar els correus vaig deixar un missatge a la web anunciant la nova campanya per l'etiquetatge en català. Després em vaig posar a explicar la campanya als meus amics del *Messenger* (un servei de xat instantani). Li vaig dir a l'Oriol, un amic, que si no rebíem resposta bombardejaríem les empreses amb correus electrònics. Era la nostra manera de parlar d'acord amb el joc.

Els correus els vaig enviar al servei d'Atenció al Client, un lloc on per molts correus que enviïs és impossible fer-hi un bombardeig ja que no et donen cap adreça. Simplement has d'emplenar un formulari. Això tothom ho pot comprovar. És un servei per a les queixes, i jo vaig presentar-hi la meva. Si pensen denunciar a la Guàrdia Civil tot aquell que digui que un iogurt està en mal estat, ja poden plegar i marxar. Aquí no els volem, aquesta mena de supermercats.

Quatre dies després, el 28 de setembre, vaig rebre el següent correu:

> *«Hola, he visitat la teva pàgina del fòrum de* mi *arroba i he de dir que és de les millors que he vist a Internet. Estic d'acord amb tot el que dius dels Països Catalans i sobre fer alguna cosa d'una vegada per totes.*
>
> *Estic una mica verd i m'agradaria que em diguessis com entrar al fòrum! Salut! Visca la terra!!!!!»*

En rebre'l, em vaig posar molt content. Vaig pensar que la campanya estava donant publicitat a la pàgina web. No vaig dubtar a respondre.

> *«Hola! Gràcies.*
>
> *Per ser de la web només has d'anar a "connectar usuari" i registrar-te. Quan et demani país pots posar Andorra, si et fa fàstic posar Espanya o França. D'acord?*
>
> *Ja t'he agregat al* Messenger. *Ara estic preparant els atacs per al dia 1 d'octubre. Atacarem bombardejant d'e-mails alguns comptes, d'acord? Fins aviat company.»*

Ja no vaig saber res més d'aquest noi fins l'1 d'octubre a la caserna de la Guàrdia Civil de Blanes. Allà em van informar que n'havien estat ells, la Guàrdia Civil, els autors, per tal de descobrir l'IP del meu ordinador i localitzar-me.

El 30 de setembre vaig arribar a casa a les sis de la tarda amb un munt de deures per fer. A les nou, aproximadament, la meva mare va arribar de treballar. Venia una mica esverada.

–Ostres! Ara, pujant cap a casa, he vist un cotxe molt estrany creuat al mig del carrer i quan ja era aquí he vist un home, també molt estrany, davant la porta mirant la casa. M'he espantat i m'he tancat al cotxe mentre entrava al garatge i no n'he sortit fins que la porta s'ha tornat a tancar.

Nosaltres no li vam fer gaire cas, però sí que era una cosa estranya. I més encara si tenim en compte que vivim en una urbanització sense veïns per on no passa mai ningú. Tot és bosc. De tota manera, si era un lladre ja sabia que hi havia gent a la casa i, a més, jo tinc la Hotblack que, tot i que és molt petita, segur que em defensaria. Així és que vam sopar tranquil·lament i vam mirar la televisió. Eren gairebé les onze quan va sonar el timbre. Jo m'estava posant el pijama, el meu germà estava fent el treball de recerca i els meus pares eren a la seva habitació. Com que el meu germà va sentir veus per la finestra, va sortir a fora a veure què passava. Jo, mentrestant, me n'anava a dormir perquè havíem treballat molt a l'institut i tenia mal de cap. Aleshores el meu germà va cridar els meus pares. Se sentien força veus i la Hotblack no parava de bordar, però a mi m'era igual. Tenia son. Ja era al llit quan la mare em va cridar.

–Èric, baixa!

«Què voldran a aquestes hores...?», vaig pensar.

Quan vaig sortir a fora, ja em perdonareu l'expressió, em vaig cagar. Estava ple de gent. No em vaig dedicar a comptar-los, però després vam veure que eren uns vuit cotxes i tots anaven plens. A més, em sembla que també hauríem de sumar el que la mare s'havia trobat tallant la carretera per si de cas el «perillós» cap de l'Exèrcit del Fènix intentava escapar-se. A casa, van entrar-hi més de vint policies.

–*¿Tú eres Èric?* –em va preguntar un guàrdia civil alt que semblava el cap de l'operació. Naturalment, parlaven en espanyol.

–Sí, sóc jo –vaig respondre encara flipat.

–*¿En Internet haces servir el nombre de Fènix mil ciento veintitrés?*

–Fènix onze vint-i-tres.

–*Soy el capitán Sotomayor. Has sido tú quien ha amenazado a tres empresas, ¿verdad?*

–Jo? No, bé... *Envié tres correos, pero no eran amenaz...*

–*Tenemos una orden de registro* –em va ensenyar un paperot.

Va començar a pujar gent a dalt; nosaltres també. La Hotblack, tancada a la terrassa, continuava bordant. Sort que estava tancada, perquè si no estic segur que li haurien fotut un tret. Ja em va espantar una mica un comentari que vaig sentir: «*Vigilad con los perros.*»

Em van preguntar on era la meva habitació i van entrar-hi.

–*¡Mirad! ¡Ya lo tenemos! ¡Tiene una bandera catalana colgada en la habitación!* –va dir un guàrdia civil només entrar a la meva cambra. Era l'ajudant d'en Sotomayor.

Evidentment tots els policies van mirar. No van dir res de la bandera de Sant Jordi que hi havia al costat, segurament no la coneixien.

–*Èric, nos tenemos que llevar tu ordenador* –em va dir el capità.

Hi havia deu persones a l'habitació, cinc més al passadís i no sé quantes més al pati, a l'entrada, als cotxes i pels voltants de la casa. Em van dir que eren de la brigada antiterrorista de la Guàrdia Civil vinguda des de Madrid. Durant l'escorcoll també vam veure gent amb llanternes mirant el jardí. Devien buscar armes de destrucció massiva... Ho van escorcollar tot. Van mirar els llibres pàgina per pàgina, l'agenda escolar, els bolígrafs a contrallum. Van remenar la paperera, cosa que em va fer riure perquè feia dies que estava refredat i era plena de mocadors de paper plens de mocs líquids i fastigosos. Els van obrir un per un.

–Poseu-vos uns guants o alguna cosa, que està ple de mocadors –els va avisar la mare.

–*No se ría, señora, que esto es una cosa muy seria* –va dir l'ajudant del capità.

De fet, qui reia per sota el nas no era la mare sinó jo. Suposo que no era conscient del que significava tot allò ni sabia que era el principi d'un malson que no recomano a ningú. Bé, a algú potser sí...

–*¿Tú eres Agamenón?* –va preguntar el capità Sotomayor al meu germà.

–*Sí, soy yo* –va respondre.

–*Y entras en la página de tu hermano, ¿no?*

–Hombre, he entrado alguna vez. Es lógico, es la página de mi hermano.

–¿Èric entra en tu ordenador?

–No, nunca lo usa. Pero desde su ordenador puede entrar en el mío, ya que están conectados al mismo módem router.

–Pues así también nos tendremos que llevar tu ordenador. ¿Hay alguno más en casa?

–No –vam respondre tots quatre.

Els guàrdies civils van tafanejar mentre una secretària del jutjat prenia nota de tot i en Sotomayor anava dient:

–Venga chicos, daos prisa y marchémonos de aquí.

Semblava que el capità s'estava adonant que s'havien equivocat. Aquesta, és clar, és la impressió que ens va fer en aquell moment, més endavant ja vam veure que es tractava d'una equivocació molt meditada. Ho demostra el fet que van redactar un informe que deia coses com ara que jo era un terrorista molt violent i perillós, i que l'Exèrcit del Fènix era l'inici d'un grup terrorista. Quan vaig saber-ho em va sobtar: si era tan perillós, per què no em van tancar en aquell moment? Si l'EdF era l'inici d'un grup terrorista, per què no van detenir tots els seus membres? Quin era, a més, el nostre terrorisme, parlar català? No es diu que tothom és innocent mentre no es demostri el contrari? Doncs amb mi van fer una excepció. Jo vaig ser culpable d'entrada, i si volia demostrar la meva innocència m'havia de buscar la vida. I això és el que vaig haver de fer. Ells, abans d'entrar a casa meva, ja sabien que tenia catorze anys, i, tot i així, a mitjanit, van venir amb ordres d'escorcoll i detenció.

Una persona acostumada a detenir etarres, i potser gent d'Al-Qaida, què ha de pensar quan arriba a casa d'un nen de catorze anys que està dormint i al qual li agrada Harry Potter?

El capità Sotomayor va deixar que el meu germà i jo ens quedéssim a casa sota la tutela dels meus pares amb la condició que l'endemà, a les sis de la tarda, jo anés a la caserna de la Guàrdia Civil de Blanes, on m'estarien esperant per declarar. Ens van preguntar si volíem un advocat d'ofici i vam dir que sí. En aquell moment encara flipàvem, i els meus pares, a les dotze de la nit, no sabien d'on treure un advocat.

Quan tota aquella gent va marxar me'n vaig anar a l'habitació. Volia estar sol. Aleshores el cervell se'm va fer un embolic. Em feia preguntes i preguntes i no entenia res. Es referien de debò a aquells tres correus electrònics? No recordava ben bé el que deien, però no contenien cap amenaça. O potser sí?

Aleshores van entrar els meus pares.

–Què vas posar als correus? –em va preguntar la mare.

–No me'n recordo, però no amenaçava –vaig respondre.

–Bé, ara intenta dormir, ja parlarem demà. Bona nit.

–Bona nit.

Un altre cop sol. Vaig agrair-los que no em fessin preguntes. Més que res perquè no hauria sabut què contestar-los. Tenia un embolic molt gros. M'estaven acusant de ser un terrorista. Com podien pensar això de mi? Però si jo no he fet mal a ningú! De debò sóc tan mala persona? Terrorista és la persona que mata o que té intenció de matar. Això no tenia res a veure amb mi. Em podrien haver acusat de qualsevol cosa, però de terrorista... A sobre, amb l'actual llei antiterrorista, no tenia cap dret. És a dir, que la Guàrdia Civil em podia fer el que volgués sense haver-me de donar explicacions i sense que jo pogués dir res. Mentre no canviïn aquesta llei, poden aplicar-la a qualsevol persona i fer-li el que vulguin. Jo encara vaig tenir sort per ser menor d'edat. Amb aquests pensaments em vaig adormir. Però em va costar unes quantes hores aconseguir-ho. Pensava que no podria, estava molt confós i el cap m'anava a mil. Ara sí que tenia mal de cap! Amb només catorze anys no era conscient de res. No podia recordar què deia el correu.

* * *

L'endemà, en despertar-me, vaig mirar el sostre i vaig pensar: «Quin somni més estrany... La Guàrdia Civil? Aquí? Estic paranoic. Semblava tan real...»

Em vaig llevar una mica confós tot i que, de sobte, vaig veure quatre cables sobre l'escriptori. «No hi ha l'ordinador! Què ha passat? Ostres! Doncs no ha estat un somni! I ara què els he de dir, als meus pares?» Em sentia una mica avergonyit. «No tindré prou valor per sortir de l'habitació i anar a esmorzar.» Aquest darrer pensament va ser inútil, perquè en aquell moment va entrar la mare.

–Estàs bé? –em va preguntar.

–Sí –vaig respondre una mica insegur.

–Au, vine a esmorzar que arribarem tard a l'institut.

No m'esperava que la mare estigués així de comprensiva. De fet, no me l'esperava de cap manera.

A l'institut, per variar, vaig arribar-hi tard. La mare ens va dir al meu germà i a mi que no comentéssim el tema amb ningú i tot va anar com de costum. Bé, com de costum no. Jo era en un altre món i no m'assabentava de res del que deien a classe. Intentava trobar respostes: «S'hauran equivocat de casa... Se n'adonaran i em tornaran l'ordinador...» Quan va sonar el timbre i es van acabar les classes, crec que va ser el primer cop a la vida que no volia sentir-lo. Em feia por que els meus pares estiguessin emprenyats i, a més a més, d'aquí a quatre hores havia d'anar a declarar a la Guàrdia Civil.

Quan vaig pujar al cotxe estaven molt callats. Pel camí em van explicar que l'advocat que porta el tema de l'accident laboral del meu pare els havia recomanat un advocat de menors. En arribar a casa, la mare va telefonar a un policia que coneix, li ho va explicar tot i li va preguntar si era greu. La resposta va ser una cosa semblant a aquesta:

«*Hombre, si han venido desde Madrid y le acusan de terrorista es grave. No hacen este despliegue por tonterías. No te extrañe que ahora mismo tengas el teléfono e Internet pinchados.*»

Era un moment dur, sí, però calia afrontar la realitat. No es pot solucionar un problema sense afrontar la realitat. «Què em preguntaran?», pensava. Ja només faltaven tres hores. Durant el dinar ningú no va dir res. Hi havia un silenci molt desagradable per culpa meva. Em sentia culpable. Havent dinat me'n vaig anar a l'habitació fins a l'hora de marxar. Tenia ganes de cridar, de plorar, però no pas per la Guàrdia Civil –no penso plorar per culpa d'aquesta gent–, em sentia malament per la meva família: «Potser jo sí que tinc la culpa, però ells...; ells segur que no la tenen. No mereixen estar malament per culpa meva.»

Quedaven dues hores. «I si m'agredeixen?» Els quatre cables continuaven sobre l'escriptori. Veure'ls encara em posava més rabiós.

Quedava una hora. «No puc anar-hi, que em vinguin a buscar. La Guàrdia Civil no és un cos pacífic, segur que em faran alguna cosa...»

Mitja hora. «Ai mare...»

Abans de sortir de casa la mare em va fer deixar el carnet de nacionalitat catalana. Vaig insistir que era el meu vertader carnet i que l'havia de dur per a quan em demanessin el DNI. Al final el vaig haver de deixar a casa. Ja era molt que la mare encara no m'hagués renyat. Quan vam arribar a la caserna de Blanes ens vam trobar amb l'advocat, l'Emili Colmenero, i li ho vam explicar tot. Ens va dir que estiguéssim tranquils, que arxivarien el cas, que allò no podia anar més lluny. Mentre els meus pares parlaven amb ell, jo em dedicava a mirar al meu voltant. A l'entrada de la caserna hi havia un cartell que deia «*Todo por la patria*» i a les parets, uns quadres amb escrits en castellà sobre el gran imperi espanyol: «*Todo por el rey*», «*Moriremos por el rey*»... Cal que digui res més?

–Emili, aquí hi ha coses molt més radicals que les que jo hagi pogut dir o fer en tota la meva vida! –vaig dir a l'advocat.

–No hi ha res més radical que ells mateixos –em va contestar.

Tenia raó, no hi ha res més radical que els qui viuen per acabar amb els objectius d'algú i no pas per aconseguir els seus propis objectius. Nosaltres no som radicals, som catalans amb l'objectiu de ser independents. No tenim l'objectiu d'acabar amb els espanyols. Ells sí que són radicals.

Mentre esperava vaig veure un guàrdia civil –aquest de Blanes, segur–, amb el seu uniforme, la panxa caiguda i fumant-se un cigar de pam i mig. Sortia d'una habitació i es va posar a donar voltes a l'entrada. «D'aquí seria fàcil escapar», vaig pensar, «perquè si aquest m'ha d'enxampar...». Al pati interior hi havia un altre home que també devia ser guàrdia civil i que encara era més graciós. Anava amb un pijama curt de color blanc amb ratlletes blau cel i sabatilles. Estava posant els altaveus a un cotxe. Només veure'l, ja vaig riure. «Si aquests són els que ho han de donar tot *por la patria y el rey*, ho tenen clar.» De sobte, dos dels guàrdies que havien vingut de Madrid em van portar a una habitació i em van fer seure en un sofà grisós que era al costat d'una taula del mateix color. Bé, això és el que em va semblar al principi, perquè de seguida em vaig adonar que tant el sofà com la taula eren negres i que el to grisós el donava la immensa pols que hi havia amuntegada. Semblava que aquella sala no l'havien feta servir des del franquisme. Feia gràcia veure allà un ordinador portàtil d'última generació.

Tot just asseure'm em van demanar el DNI. Pobre de mi, no duia el meu carnet català i vaig haver d'ensenyar l'*altre*. Em van detenir. Si no em detenien no em podien fer declarar. Tot seguit, van començar les preguntes.

–*Mira, ésta es tu página, ¿verdad?* –em va preguntar en Sotomayor mentre m'ensenyava una impressió de la meva pàgina web.

En Sotomayor era darrere una taula i al seu costat hi havia l'ajudant prenent notes a l'ordinador. Jo estava assegut davant d'ells al costat de l'advocat, i a l'altra banda hi havia els meus pares i més guàrdies civils.

–Sí –vaig respondre.

–*Se llama «Ejército del Fénix», ¿no?*

–*No. Se dice* Exèrcit del Fènix –vaig dir-li. Hauria de

saber que els noms propis no es tradueixen.

–*¿Cómo se escribe?*

–«E»..., «ics»..., «e»... –vaig lletrejar.

–«*E*», «*i*»... –em va tallar.

–«I» no, «ics» –vaig aclarir.

–«*I*», *¿no?*

–«Ics».

–*¿I griega?*

–No, «ics»!

Ens vàrem estar així una estona fins que de sobte el meu pare va dir:

–*Quiere decir «equis»*. –I després em va dir a mi–: Èric, en castellà és «equis» i no ics.

Els vaig acabar de dir el nom i van continuar.

–*Pues bien, Èric, en tu página web hemos encontrado fotos con banderas españolas quemadas. ¿Sabes lo que esto quiere decir?*

–*No hace falta que respondas, si no quieres* –va dir l'ajudant–. *Apunto que no respondes y ya está.*

La declaració tenia la seva gràcia perquè semblava una pel·lícula americana. Hi havia el policia bo i el policia dolent. L'un tenia paciència i l'altre era un antipàtic rematat. Jo estava fent la declaració en espanyol. Vaig declarar en espanyol perquè vaig pensar que si no ho feia em portarien a Madrid. Tenia por, no volia que es compliquessin les coses. Total, que pensava en català i traduïa a l'espanyol. Això feia que anés més lent. El policia bo esperava que contestés i feia servir bones maneres. L'altre, en canvi, tota l'estona m'insistia que si no volia parlar que no ho fes. No em donava temps a respondre o em tallava a la meitat.

–És clar que ho sé, *las he puesto yo. Quiere decir que hay gente que quema banderas españolas, ¿no?* –vaig respondre tranquil·lament i una mica burleta veient l'absurditat de la pregunta.

–*¿Las has puesto tú?* –va insistir una mica sorprès. Suposo que no s'esperava que confessés el meu *crim*.

–És clar. *Creo que todas las he puesto yo.*

Bé, l'interrogatori va ser tot per l'estil. Al final, el capità Sotomayor va tenir expressions com ara «*Bien, esto supongo que querrá decir...*» o «*Supongo que esto es porque..*», i reia i tot. No va dir gairebé res del correu electrònic. Només me'l va ensenyar i em va preguntar si l'havia escrit jo. Em va començar a explicar que havia comès «un delicte molt greu», perquè no sé què de la «*Constitución*»... Que si Internet és una forma de màrqueting per a les empreses... Que les empreses vigilen molt aquestes coses... Al final em va dir que «els radicalismes no són bons». Tenia gràcia que m'ho digués entre aquelles parets plenes d'escrits com els que he comentat. Potser ell no era radical, però estava servint en un cos que sí que ho era.

En veure que no era perillós em van deixar en llibertat i jo em vaig quedar una mica més tranquil. L'advocat, a més, em va confirmar que al correu no hi havia cap amenaça. Però, i ara què? Mentre jo m'allunyava una mica –no volia estar ni un minut més allà dins–, la mare, entre sorpresa i indignada, va preguntar al capità:

–*¿Habéis venido todos hasta aquí sólo por un niño?*

–*Sí...* –va contestar el capità en un to una mica avergonyit. Com si digués «sí, filla, sí. El que he de fer...».

–*¡No, señora!* –va intervenir l'ajudant–. *¡Estamos aquí por un grupo terrorista!*

Finalment, vam marxar pensant quin insult descriuria millor l'ajudant del capità. L'Emili ens va explicar que ara hi havia tres opcions. La primera i més probable era que després de veure la declaració arxivessin el cas. La segona, improbable, que em fessin anar a declarar a Barcelona. I la tercera, impensable, que em fessin declarar a Madrid.

–I amb els ordinadors què faran? Quan ens els tornaran? –va preguntar la mare–. En el del seu germà hi ha mig treball de recerca de segon de batxillerat amb quatre mesos de feina i si no l'hi tornen ho haurà de fer tot un altre cop.

–Suposo que miraran què hi ha a dins i us els tornaran –va contestar l'Emili–. Això trigarà uns set o vuit mesos. De tota manera, tenim dret a demanar arxius si són importants. Ja els trucaré.

Quan ho vaig explicar tot al meu germà es va posar molt content. Però què faríem sense ordinador durant set o vuit mesos? Com a mesura d'emergència vam arreglar un ordinador vell que ja havíem jubilat, però no ens feia gaire servei perquè quan obries dues pàgines d'Internet es bloquejava. No podíem fer res més, ja que el que havien confiscat al meu germà no tenia ni quinze dies i el meu era del Nadal anterior. És clar, els pares no estaven disposats a comprar un altre ordinador.

Recordo que vaig dir a la mare que calia explicar-ho tot als mitjans de comunicació, però ni ella ni el pare em van deixar fer-ho perquè, segons deien, si la Guàrdia Civil aturava el cas nosaltres havíem de fer el mateix. A l'escola tampoc no n'havia dit res. Només una amiga ho sabia, però no s'ho creia.

II

Una mala època

–Mare, puc entrar a la meva pàgina web? Si us plau, fa molt que no l'actualitzo...

–Ni se t'acudeixi!

Ja havien passat cinc dies des que va venir la Guàrdia Civil i no podia aguantar més.

–Mare, he de fer moltes coses! He de començar a fer la nova pàgina, ho vaig prometre!

–Que no!

Aquell mateix dia, però, em vaig poder connectar una estona i vaig aprofitar per mirar el meu correu. N'hi havia un d'un tal Juan XXIII que s'identificava com el cap de seguretat d'una de les empreses. El vaig obrir i em deia que havia estat ell qui m'havia denunciat i que si tenia intenció de continuar així tenia els meus dies a Internet comptats. D'això, se'n diu una amenaça, oi? També m'havia investigat i sabia moltes coses privades de mi. Jo diria que això és il·legal. Li vaig respondre que la meva intenció no era fer mal a ningú. Us confesso que tenia por. Volia que tot tornés a ser com abans. Però quan vaig ensenyar el correu a la mare i em va dir «sobretot no el responguis», vaig comprendre que l'havia cagat. Per això no li vaig dir que ja ho havia fet. Aleshores vam enviar una còpia a l'Emili i ens va dir que podia ser important per a la investigació. El tema es va aturar aquí, fins que al cap d'uns quants mesos Juan XXIII va entrar en un fòrum per intimidar-me i es va descobrir la mentida. Com que l'Emili deia que jo no havia contestat, Juan XXIII li va fer arribar la meva resposta i, és clar, quan la mare se'n va assabentar es va emprenyar moltíssim. Jo mateix vaig trucar a l'advocat per disculpar-me, però ell em va dir que no m'amoïnés perquè en la resposta també es veia que jo no tenia intenció de fer mal a ningú. És a dir, que ens podia anar bé.

L'endemà el pare va arribar pels volts de les onze del vespre.

–Sabeu què? –va dir–. En Francesc m'ha dit que el cas ha sortit al *Diari de Girona.* –En Francesc és un amic que treballa amb el meu pare.

– Sí???!!! –vam fer tots, sorpresos.

–Sí, es veu que ho han tractat com una notícia de delictes informàtics sense gaire importància. Però en Francesc s'ha fixat en alguns detalls i ha pensat que només es podia referir a tu, Èric.

–A veure-la? –vam demanar tots mig emocionats.

–Mireu, no sé qui se l'haurà inventat.

L'Audiència Nacional ordena detenir un menor per delictes informàtics
Especialistes policials segueixen investigant

L'audiència Nacional ha ordenat detenir un menor d'edat que presumptament havia comès un greu delicte informàtic a Blanes. L'operació policial que va permetre atrapar aquest noi es va desenvolupar, en absolut secret, a finals de la setmana passada. En aquesta intervenció, que va ser comunicada al jutjat d'instrucció de guàrdia a la localitat selvatana, van participar la unitat d'experts en infraccions informàtiques de la Guàrdia Civil de Madrid.

Després d'enxampar el jove, els efectius van tornar a la seu central del cos. El fet que un jutjat d'instrucció de l'Audiència Nacional s'encarregui de dirigir les investigacions per aquest cas indica la rellevància del delicte que presumiblement s'imputa al noi.

Per a aquest tipus d'afers, els cossos policials compten amb experts que poden rastrejar l'actuació dels encausats a través d'Internet i dels equips informàtics. Malgrat les dificultats que genera aquest àmbit, en aquesta ocasió els guàrdies han pogut arrestar un sospitós. A més, estan examinant abundant material sobre el cas.[1]

En veure que, aquesta notícia, no hi havia per on agafar-la, ens vam posar en contacte amb l'advocat. L'Emili ens va dir que, ja que s'havia fet pública la notícia, nosaltres teníem dret a donar la nostra versió en lloc de deixar que algú posés medalles a la Guàrdia Civil. Va ser el mateix Emili qui va explicar al diari que els veritables motius no eren informàtics sinó «polítics i lingüístics». De tota manera, era curiós que el *Diari de Girona* se n'hagués assabentat, ja que els únics que en tenien coneixement, a banda de nosaltres, era la Guàrdia Civil. I nosaltres no ens dediquem a manipular notícies. Qui podia haver estat?

L'endemà, a l'institut, a l'hora del pati, vaig estar parlant amb l'Aida, una amiga meva. Ella era la noia que no

1. *Diari de Girona*, 5 d'octubre de 2004.

m'havia cregut quan li ho vaig explicar tot. Ara, però, ja em feia més cas.

–Que t'han tornat a dir alguna cosa aquells fatxes del *Messenger* que et volien apunyalar? –em va preguntar.

«Aquells fatxes» eren uns amics de la Marta, la meva xicota. Jo mai no els havia fet res, ni tan sols els coneixia, però m'odiaven perquè tenia una web independentista i perquè des que la Marta estava amb mi s'estava tornant més independentista també. Un dia em van amenaçar dient-me que vindrien i m'apunyalarien, i que em farien no sé quantes coses més. No els hauria fet cas si la Marta no hagués insistit que eren molt capaços de fer-ho. Això em va fer sentir molt neguitós, perquè justament acabava de tallar amb ella. Vaig parlar amb els fatxes i els vaig dir que si tenien intenció de fer-me alguna cosa cridaria uns amics més grans que els posarien «una bomba per l'anus». També els vaig dir que eren seguidors d'ETA i que sabien molt bé d'on treure les bombes. Evidentment no era cert, però què podia fer? M'estaven amenaçant i sabien on vivia... Ara que sóc una mica més gran m'hauria defensat d'una altra manera, és clar, però en aquell moment només se'm va acudir aquella cosa tan estúpida. Més endavant veureu quines conseqüències va portar haver-me defensat.

* * *

–No em puc connectar, els meus pares no em deixen –vaig comentar a l'Aida–. A més, el meu germà fa servir l'ordinador tota l'estona perquè ha de repetir tot el treball de recerca que havia fet. A mi només em deixen cinc minuts i amb tota la família vigilant-me. I, a més, no em puc connectar a la pàgina web.

–Ostres...

–Ara fa dies que aquells fatxes no em parlen, es creuen molt intel·ligents. Deu contra un. Però no ho entenc, m'amenacen d'apunyalar-me i la Marta encara els defensa.

–Ah sí? Què et diu?

–Em diu que són fatxes, però que és la seva manera de pensar. I jo, és clar, li responc que és justament tot el contrari: que és una manera de no pensar.

–I què et contesta?

–No em fa cas. Diu que són amics seus i que, com a amics, són molt bons, però que no els voldria tenir mai com a enemics. I fixa't, a sobre em demana que faci les paus amb ells perquè encara m'estima i no vol que em facin mal. Tu ho trobes normal, això?

–Home..., no ho sé –em va dir mentre sonava el timbre i entràvem a classe–. Has d'entendre que per a ella deu haver sigut més difícil, ja que vas ser tu qui la va deixar. Ho deu haver passat molt malament.

«Just el que em faltava», vaig pensar. No tenia prou coses al cap i ara, a sobre, havia de patir per la Marta. Us he de dir que la Marta és l'única noia amb qui he estat. Vam estar junts uns quants mesos, però ho vam deixar córrer perquè discutíem molt. A més, jo ja no l'estimava. L'apreciava, però ja no l'estimava.

Últimament em costava molt adormir-me. M'estava tres, quatre o cinc hores al llit pensant en el que em podien fer. «Crec que vaig tenir sort amb el capità Sotomayor», reflexionava, «però què passarà si al jutge se li creuen els cables (vull, dir, més del que ja els deu tenir) i m'envia una altra brigada antiterrorista...? I si aquesta nit tornen i se m'emporten? I si em torturen? No seria la primera vegada que torturen algú... I si em tanquen en un reformatori?» Per més que intentava no pensar en aquestes coses, no podia, la Guàrdia Civil mai no m'ha inspirat la més mínima confiança.

Van ser dies molt difícils, perquè em sentia completament sol. M'ho havia d'empassar tot sense l'ajuda de ningú. I a sobre, a casa, com que hi havia molta tensió, era jo qui acabava rebent.

El 14 d'octubre la notícia va aparèixer a la portada al *Diari de Girona*, però a l'institut ningú no em va dir res. No entenc que la gent no tingui el costum de llegir el diari. Tot i això, la notícia es va escampar per Internet. Al Racó Català,[2] per exemple, una web amb milers de persones que jo visitava sovint, tothom em donava suport sense saber que n'era usuari. Jo, és clar, volia respondre, però no podia. Imagineu-vos-ho: tothom parlava de mi i jo no podia dir res perquè els meus pares no em deixaven. Ja sé que ho feien pel meu bé, però m'afectava psicològicament. Volia tornar a la normalitat i continuar amb l'Exèrcit del Fènix, no podia deixar-ho així com així...

Al final, després que la mare m'obligués a canviar algunes coses, vaig poder publicar un missatge d'agraïment a tothom. Aleshores van començar a trucar diaris i emissores de ràdio i televisió. Tothom volia saber què havia passat. A mi, això, m'agradava, perquè per fi podria denunciar el que m'havien fet. No sóc dels que s'amaguen, m'agrada

2. RACÓ CATALÀ: www.racocatala.com

dir les coses a la cara i pel seu nom. Van venir fotògrafs i televisions, i la mare, que em volia protegir, em prohibia que ensenyés la cara. Em feia estar d'esquena. Però, és clar, jo no puc explicar les coses d'esquena. Després vaig veure que tampoc no podia dir el que volia. En totes les entrevistes per ràdio i televisió tenia sempre l'orella de la mare al costat, cosa que em posava encara més nerviós, i en les dels diaris em controlava sense cap discreció. Això em treia de polleguera. Tothom volia saber què passava, em donaven l'oportunitat d'explicar-ho i no ho podia fer. Estava molt trist.

Però malgrat les mesures de la mare, al final tothom em va acabar reconeixent. L'endemà d'haver aparegut en el programa *En directe*, de TV3, ja va ser insuportable. La gent de l'institut no m'entenia. Hi havia la típica gent *simpàtica* que es passava el dia –i encara ho fa– cridant-me «terrorista!», però els paràsits no m'importen gens. El que més em va doldre va ser que els meus amics, que era amb els qui confiava, no em donessin suport. El gest més bonic que en vaig treure va ser aquest: «Ei!, quan vagis a la tele digues el meu nom, que jo et dono suport, d'acord?» Més endavant vaig veure que sí que hi havia gent que em feia costat, però només eren tres o quatre persones en tot l'institut. Alguns professors, molt pocs, també em van fer costat. Al final es van decidir i van fer un manifest de suport.

Un dia vam rebre una trucada del regidor d'Esquerra Republicana de Lloret, l'Eduard Coloma, un home molt simpàtic. Ens va dir que teníem tot el seu suport i el d'ERC i ens va oferir tota l'ajuda que necessitéssim. Vam estar-li molt agraïts. L'Ajuntament, gràcies a una moció presentada per ell, va fer un ple de suport a favor meu, i tot seguit se'n van celebrar més a diferents ajuntaments del país. Moltes gràcies des d'aquí.

He de dir que malgrat aquestes coses, estava molt intranquil. No deixava de pensar en què em passaria si havia d'anar a Madrid. A més, l'ambient a casa cada cop era més insuportable. Un dia vaig poder connectar-me al meu compte de *Messenger* privat, el que feia servir per als amics, i vaig descobrir que algú estava connectat des del meu altre compte, el que utilitzava per a la pàgina web. M'havia canviat la contrasenya i el nom: «*Viva España, gloria a la patria.*» Aquest algú, fent-se passar per mi, insultava tots els meus contactes. Ho vaig comentar al pare i vam anar a posar una denúncia als Mossos d'Esquadra. La llàstima és que els pares no em van deixar recuperar el meu compte de correu.

–No pots tocar res, ara. Ho has denunciat i has de deixar que la policia faci el que ha de fer –em va dir la mare.

–Sí, home... Jo ara mateix vaig a recuperar el meu compte.

–No, Èric!

–I una merda, vull recuperar el meu compte abans que sigui massa tard.

–Això ho farà la policia.

–La policia no fotrà una merda, el problema el tinc ara. No puc esperar que vinguin a mirar-s'ho. Això si és que vénen... Cada dia mor alguna dona per maltractaments, i gairebé sempre ho havia denunciat abans. I què fa la policia? El dia que van venir a casa va morir una dona, però per a ells era més important el seu orgull espanyol. No penso esperar més.

–Èric, no toquis l'ordinador!

–No em penso quedar de braços plegats mentre un desgraciat m'està fotent!

Vaig tenir un atac de ràbia molt fort. La mare em va agafar, em va posar al llit i es va quedar amb mi fins que em va passar.

–Tranquil, Èric. No passarà res.

–Com vols que estigui tranquil mentre m'estan destrossant tot el que he aconseguit en aquesta vida? M'estan traient la web! Una web no és gran cosa, però jo hi he dedicat moltes hores de feina i molta il·lusió fent-la. Per a mi és molt important. M'estan fotent els estudis, les amistats que tenia a Internet. Fa setmanes que no parlo amb els amics, que no actualitzo la web i, de sobte, apareixo amb un àlies espanyolista i em poso a insultar-los. Què vols que faci, que em quedi aquí? Doncs no, he de lluitar pel que és meu.

–Portes molta ràbia i molt odi a dins, Èric.

–Porto molta ràbia i molt odi, sí. Aquesta gent no es mereix res. Aquesta gent encara no s'ha adonat que estem en democràcia, encara no s'han assabentat que Franco és mort i que el PP ha perdut les eleccions.

La discussió va continuar fins que em vaig adormir. L'endemà, però, encara estava empipat. Estava molt furiós. Per què m'havia de passar allò a mi? Què havia fet? Tan dolent és defensar el català? Tan dolent és enviar un correu electrònic demanant l'etiquetatge en la meva llengua? Com pot ser tan inútil la gent que hi ha al poder? Per què jo, un nen de catorze anys, he hagut de fer la seva feina?

–Mare, em piquen els ulls. Els tinc molt inflats.

–Ostres, és cert. A veure, apropa't.

«Em tancaran en un reformatori?», em preguntava. «Tornaré a veure els meus amics alguna vegada?»

–Tens els ulls molt vermells, Èric.

«Tornaré a veure la Marta? Podré tornar a classe? Què em faran quan em detinguin?»

–Mare, ara els ulls em piquen més, em costa obrir-los.

–Haurem d'anar a l'oftalmòleg, els tens molt inflats. Vinga, anem-hi.

«Estan venint, estan venint!», –continuava pensant–. «Se m'emportaran, em tancaran a Madrid i no veuré mai més ningú...!»

–Mare, no puc obrir els ulls, em couen molt!

–Marxem. Ferran –va dir la mare al meu pare–, ajuda'm a baixar-lo fins al cotxe.

–Un mocador, mare!

Estava plorant. Tenia un atac d'angoixa.

–Mare, un mocador, tinc molts mocs i no puc respirar.

–Ferran, ràpid. No anem a l'oftalmòleg de Blanes, anem directament al CAP de Lloret.

Ja al cotxe, la mare es va asseure al darrere amb mi.

–No veig res, no puc respirar! Un mocador, mare!

«No podré entrar a la web mai més, no veuré la Hotblack... Em vull acomiadar d'ella. Vull arreglar les coses amb la Marta abans d'anar a Madrid...»

El pare s'acabava de saltar un semàfor en vermell.

–Vinga, Ferran, que no arribem! –deia la mare.

«Em picaran amb la porra, m'electrocutaran, em posaran una bossa al cap, em tancaran per sempre als catorze anys...»

–No respiro! No puc respirar! Un mocador...

–Aguanta Èric, que ja arribem.

Realment no podia aguantar més. Vam arribar al CAP de Lloret i em van portar a una habitació on em van injectar dos cops una cosa al cul i de seguida vaig començar a trobar-me millor. Feia anys que no plorava, però és que no podia més, pensava que no me'n sortiria. Els nervis juguen males passades. Aquest va ser el meu primer atac d'angoixa.

Després d'allò vaig continuar anant a l'institut com si no passés res, però el cert és que no m'assabentava del que deien els professors, ni els companys, ni els amics... Estava en un altre món. Volia treure bones notes i estudiar, però no podia concentrar-me perquè a les nits no dormia i arribava fet pols a classe. M'agradava treure a passejar la Hotblack, asseure'm tranquil al mig del bosc amb ella i explicar-li el meu problema. Era l'única que no em discutia res. La Hotblack era l'única que em comprenia.

III

L'espera es fa llarga i insuportable

Els meus pares em van deixar anar una estona a l'ordinador aprofitant que el meu germà no hi era. Estava nerviós, feia temps que no sabia res de la Guàrdia Civil. No és gens agradable estar pendent de si et tancaran o no i de si ja no podràs veure més la gent que estimes, així que em vaig connectar a la pàgina de la Guàrdia Civil. Òbviament, no vaig trobar res sobre el *perillós delinqüent informàtic amb abundant material preparat per atacar en qualsevol moment* i vaig passar al seu fòrum a veure què es deia sobre aquest cos. Quin fàstic, no sabria dir quin dels missatges era més patètic. Anava llegint i em deprimia. Si algú vol saber quina mena de missatges són només ha d'anar a la seva web. Deien coses tan fastigoses que vaig decidir enviar-los un de meu:

> *«Felicidades por las últimas actuaciones de la brigada antiterrorista en Catalunya. Viendo estos actos ya puedo dormir tranquilo cada día en mi casa. Felicidades.*
> *Fènix 1123»*

Era alguna cosa així, després de tant de temps ja no ho recordo exactament. El vaig veure publicat i, de sobte, va desaparèixer. Que estrany, oi?

L'Emili ens va telefonar per comunicar-nos que l'Audiència Nacional ens tornaria el disc dur de l'ordinador del meu germà. L'advocat havia demanat l'ordinador sencer, però li van dir que la carcassa no sabien on era. Per recuperar-la vam haver de trucar a la Guàrdia Civil de Blanes, a la de Girona, a la fiscalia, a l'Audiència Nacional, a l'Audiència Nacional de menors... Del meu ordinador, no se'n sabia res. I de mi encara menys. Estava una mica millor, però no podia girar full. A l'habitació només tenia quatre cables i a l'institut no paraven de recordar-m'ho tot.

Així van passar els dies. No reia, però tampoc no plorava. Simplement em llevava, anava a l'institut, resistia, feia les coses que havia de fer, arribava a casa i intentava estudiar. No volia donar a la Guàrdia Civil la satisfacció de suspendre per culpa seva. En les estones lliures em connectava d'amagat a la web i escrivia alguns missatges. Quan tenia reunió del Consell Escolar, hi anava, deia quatre coses i tornava cap a casa. Vaig començar a agafar una rutina, una rutina que m'estava destrossant per dins. Per sort anava a vela a Arenys de Mar. Feia poc que hi anava, però m'havia integrat molt bé. Allà hi ha gent que m'ha donat molt suport. També n'hi ha que em diuen «Terrorista», «Terror» o «Terri», però no m'emprenya. No m'ho diuen amb mala intenció. Per cert, una salutació a tots ells i a la gent de Lloret per la seva complicitat.

Però tornant al meu estat d'ànim, en tot aquell temps vaig arribar a acumular tanta ràbia i tant odi i estava tan deprimit que vaig enviar un correu a l'Emili. Era un correu molt llarg en què li deia que ja no podia més, que estava fart de tot i que volia que s'acabés per por de fer mal a algú o de fer-me'l jo mateix. L'Emili era l'única persona a qui podia dir tot allò. Sabia que ell ho diria als meus pares, però m'era igual. No tenia ningú més amb qui parlar-ne. Vaig clicar «enviar», em vaig anar a dutxar i, en tornar, l'Emili ja m'havia contestat. Del que em deia, el que recordo més bé és això: «Rendir-te ara seria donar-los la raó. No et pots rendir, Èric. Has de ser fort, has de ser valent, has d'aguantar.»

Poc després vaig sentir que la mare parlava amb ell per telèfon. Estava preocupada, pensava que em volia suïcidar. Reconec que aquells dies vaig pensar-hi, en el suïcidi, però només en broma. No hauria estat capaç de fer-ho. No és tan fàcil acabar amb mi. Quan parlava de fer-me mal a mi mateix, em referia més aviat a danys psicològics. M'estava tornant paranoic. La mare em va buscar una psicòloga, però només hi vaig anar una vegada. Em va dir que l'Exèrcit del Fènix era un vaixell tocat i mig enfonsat, i que per més que hi fes reparacions sempre estaria marcat. És a dir, que em calia construir un altre vaixell, un vaixell amb diferents objectius. Insistia tant que li vaig dir que sí, així vaig poder marxar. Jo, però, quan tinc un amic que em necessita no l'abandono. Si l'Exèrcit del Fènix està marcat i la Guàrdia Civil el vol destruir, primer haurà d'acabar amb els que hi naveguem, i això només serà si nosaltres no els fotem fora dels Països Catalans abans.

Després de la psicòloga vaig visitar tres especialistes més. Un d'ells, l'últim, de Blanes, sí que em va ajudar. De fet, hi anava per les discussions amb la mare, que n'eren moltes i m'afectaven. Per exemple, em molestava que no em deixés dir el que jo volia a les entrevistes o, més endavant, quan va dir que m'havia convertit en un nen radical. Jo, això, no ho podia entendre, i m'anava bé parlar una hora a la setmana amb una persona que m'entenia, encara que fos pagant.

L'endemà, el meu germà i jo ens vam quedar sols a casa. Els pares li havien dit que em deixés una estona l'ordinador, però ell no va voler. Em va fer fora de l'habitació de mala manera i em va tancar la porta. Com que ell és el gran, jo sempre hi surto perdent. Vaig trucar a la mare per dir-l'hi, però no em va servir de res. Em vaig estirar al llit per reflexionar i intentar no perdre la calma, però m'era molt difícil perquè tornava a tenir la ràbia al cos. De sobte, va entrar el meu germà.

–Adam, vés-te'n! –vaig dir-li bastant correctament.

–M'ha dit la mare que et miri els ulls, perquè no t'agafi un altre atac –em va contestar de mala manera.

–T'he dit que te'n vagis. Si em couen els ulls ja t'ho diré, estigues tranquil. Si no m'emprenyes no em picaran.

–T'he de mirar els ulls!

–Que fotis el camp de la meva habitació. No volies l'ordinador? Doncs vés-hi i deixa'm tranquil.

–La mare m'ha dit que et miri els ulls i te'ls penso mirar –insistia.

–Vés-te'n de la meva habitació! –ara jo ja estava molt emprenyat.

–Que em deixis mirar-te els ulls! Que no veus que estàs destrossant tota la família? Per culpa teva ens estem anant tots a la merda. Per culpa teva! Ets un inútil!

Em va voler agafar i com que jo no el deixava, va començar a colpejar-me.

–Que no em toquis! –vaig cridar intentant agafar el telèfon.

–No truquis a la mare –em va dir–. Sempre has de trucar a la mare. No pots resoldre les coses sense la mare?

–No puc solucionar les coses a cops mentre tu tinguis disset anys i jo només catorze.

Em va desconnectar el telèfon, però vaig agafar el cable i el vaig tornar a connectar. L'Adam no m'havia vist mai emprenyat d'aquella manera. Ni ell ni jo mateix.

–I ara ja no truco a la mare, ara truco a la policia.

A la mare, li feia por que m'agafés un altre atac d'angoixa, perquè el primer havia estat molt fort. Després n'he tingut d'altres, però amb l'experiència del primer i gràcies a la mare me n'he sortit. Aquell dia, de tota manera, si no el tenia, el meu germà va estar a punt de provocar-me'l. Em va penjar el telèfon i se'n va anar. L'Adam, sempre que els meus pares no hi són, es passa molt amb mi. Com que té tres anys més que jo fa el que vol. No és que sigui mala persona, simplement estava nerviós. Tot allò l'afectava molt, no se sabia controlar i, a sobre, estava en una mala edat... Però és una persona estupenda.

Ple de ràbia, em vaig tancar a l'habitació i vaig pensar: «Ara escriuré un text i el publicaré. Ara tothom veurà el que penso, per fi em desfogaré i podré dir el que sento.» Vaig començar a escriure...

Quan arribem a aquests extrems

Quan arribem a aquests extrems,
en què la justícia no és justa,
en què la veritat no és veritat,
en què les lleis no són lleis.
Quan els qui tenen el poder són els delinqüents,
quan els qui dirigeixen només menteixen,
quan tot és fosc i l'única claror porta per nom «Llibertat».

Quan estem en democràcia, però no podem expressar-nos,
quan si volem tranquil·litat hem d'abaixar el cap i no queixar-nos,
quan exigim justícia i els nostres drets...
On ens podem adreçar?
A la Generalitat? A algun partit polític? A la Justícia, a la policia?
Doncs no. Els qui volem els nostres drets hem d'unir-nos,
mobilitzar-nos, manifestar-nos, ajudar-nos.
Què vol dir, en democràcia, llibertat d'expressió?
Si penseu que vol dir que tenim dret a defensar les nostres idees aneu errats.
Només volen que els votem i que els donem més poder.
Però, qui ens dóna suport a nosaltres?
He estat acusat de defensar la meva llengua.
Uns diuen que he comès un acte terrorista, uns altres volen que em detinguin, altres donen ordres de registre per entrar a casa meva,
altres em confisquen l'ordinador, m'acusen i m'amenacen.
Altres filtren notícies falses als diaris per penjar-se medalles,
altres diuen que m'han denunciat tres empreses per demanar-los que etiquetin en català.
Quan als catalans ens acusen de ser catalans i estimar el nostre país,
quan la Justícia creu preferent detenir un català que ajudar una dona que els havia demanat protecció i que ara ja és morta,
crec convenient que ens ajuntem tots i defensem ben alt els nostres drets.
No parem fins que tot el país estigui en català.
Per què la Generalitat aprova una llei i no l'aplica?

Per què jo, un nen de catorze anys, he de fer la feina dels polítics?
L'únic que n'he tret han estat disgustos i problemes per fer la seva feina.
Ells, en canvi, guanyen diners i fan veure que no en saben res.
Per què apugen la benzina, si necessiten diners pel dèficit sanitari?
No seria més lògic que multessin les empreses per no etiquetar en català?
Com que ells no prenen mesures, les hem de prendre nosaltres.
Hi ha gent amb capacitat per fer-ho?
Si voleu que us digui la veritat, jo no puc ni sé com fer-ho.
Salut a tots i gràcies pel vostre suport. Portem lluny aquest cas,
que Europa vegi que Espanya, després de la dictadura, continua prohibint la llibertat d'expressió i moltes altres llibertats.
Una Espanya que diu terroristes a tots aquells que no pensen com ella.

Fènix1123

Després d'aquest escrit, n'he fet d'altres. M'agrada escriure. Si algú els vol veure estan penjats a la web de l'Exèrcit del Fènix (www.elfenix.org), a l'apartat bitàcoles.

* * *

El meu germà i jo no érem els únics que estàvem tensos. Un dia el meu pare va dir que agafava el cotxe i que se n'anava a Madrid.

–Estic fart de tant esperar! Encara no sabem de què se l'acusa.

–A veure, Ferran –va dir la mare–. Ja ho parlarem amb l'Emili. Si s'hi ha d'anar, hi anirem. Però si ara hi vas el més probable és que no en treguis res.

–No, anem a Madrid i punt. Ja veuràs com em deixen entrar.

El meu pare va patir un accident laboral i fa uns quants anys que té la invalidesa. És clar, entre una cosa i l'altra estava molt nerviós. Duia quatre anys sense poder fer res, i tot per una al·lèrgia desconeguda. La va agafar a la feina per falta de mitjans adequats. Ara ja comença a estar millor. Però tot aquest temps ho hem passat malament, perquè l'empresa no reconeix l'error i hem hagut de recórrer a un advocat, amb judicis pel mig i coses d'aquestes. Sempre ens han donat la raó, però l'empresa va interposant recursos i el procés s'eternitza. Només faltava la Guàrdia Civil.

Jo encara prenia les pastilles que m'havia receptat un psiquiatre de Girona, però feia vida normal. Normal... fins al 10 de desembre. Aquell dia, la meva vida va canviar de cop. Era el dia en què havíem de portar el meu amic Pol a casa. En Pol era un dels pocs amics que tenia amb cinc dits de front. Ens va venir a recollir el meu pare.

–Què, com han anat avui les classes? –va preguntar.

–Bé –va respondre en Pol.

–Les classes mai no van bé –vaig dir jo–. Les classes són això..., classes.

–Fas alguna cosa el dia 15? –va dir el pare.

–Jo? No. Què vols que faci?

–No res. Ho deia perquè si tens alguna cosa a fer l'anul·lis. Anirem a Madrid.

–Què??? –va ser un «què» d'aquells ben llargs i carregats de sorpresa.

–Ha trucat l'Emili i ha dit que estem citats per al dia 15. Hi haurem d'anar.

Faltaven cinc dies i totes les meves pors tornaven a ferse presents: «Què em diran? Què em faran?» No deien que anar a Madrid, a declarar, era impensable? Quan vam arribar a casa, després de deixar en Pol, vaig veure que la mare estava molt amoïnada.

–Acabo de trucar a l'Eduard, el regidor d'Esquerra a l'Ajuntament, i li he dit: «Oi que ens vau dir que ens ajudaríeu? Doncs ara us necessito. El dia 15 se m'emporten el fill a l'Audiència Nacional.» M'ha contestat que ens trucarà en Joan Puig, el diputat d'ERC al Congrés. Jo telefonaré al *Diari de Girona* i a la Nova Ràdio Lloret, que sempre s'han portat molt bé i ens han donat molt suport, i a la Plataforma per la Llengua, que també han estat al nostre costat.

La Plataforma per la Llengua es va portar molt bé des del primer moment. Ens ha aportat informació sobre les lleis i les normatives lingüístiques. Fins i tot em va convidar a rebre els jugadors de la selecció catalana d'hoquei el dia que arribaven de Fresno. Per desgràcia no hi vaig poder anar; em va fer molta ràbia. Ho vaig seguir tot per RAC1. També vaig rebre suport d'Òmnium Cultural, de l'Observatori per la Llengua, de l'ADEC. A l'ADEC vaig conèixer la Marta, una altra Marta. És molt simpàtica, té la meva edat i em va defensar amb una amiga seva davant la professora de socials i de tota la classe. Sembla que aquesta professora deia coses falses als alumnes i, és clar, com que era la professora, tots li donaven la raó. Però la Marta i la seva amiga van ser intel·ligents, es van documentar i li van portar tota la informació. Llavors no els va discutir res. Segons m'han dit alguns amics, una professora de socials de Lloret té una visió de mi completament diferent de la que té la professora de la Marta. Dos petonets per a ella.

En Joan Puig va trigar molt poc a trucar i va dir que ell i altres diputats del partit ens acompanyarien a l'Audiència. També va posar a la nostra disposició el gabinet jurídic d'Esquerra.

–Mare, jo aniré a Madrid però declararé en català o no declararé –vaig dir seriosament–. Així que si has d'avisar l'Emili, fes-ho.

–Bé –em va respondre.

Era un «bé» perquè callés, però jo ho tenia molt clar: «A sobre que he d'anar a Madrid, m'he de baixar els pantalons? Que s'ho creguin!» No sé per què la meva decisió va sorprendre alguna gent, per a mi era una qüestió de dignitat. La mare, però, estava ben amoïnada, i el telèfon anava boig. I encara més quan la notícia va aparèixer a la premsa. Tota la meva família ho va passar molt malament. El meu pare malalt, el meu germà fent segon de batxillerat i la meva mare, pobreta, compaginant la feina amb entrevistes a la premsa, que és una cosa que odia. Ha estat ella qui ha tirat la casa endavant tot aquest temps i em sembla que no li he demostrat prou el meu agraïment. Sense l'ajut dels meus pares, res d'això no hauria estat possible.

És clar que també he tingut un gran suport de moltíssima gent. Una pàgina web feta per l'AntifascistAction, les CUP, milers de signatures... A la porta del Mercadona –precisament del Mercadona–, l'Anna i la Jessica es van posar a recollir-ne més. Això són amigues. També ho feien moltes altres botigues. El problema és que molta gent no s'ho creia, es pensaven que els prenien el pèl. L'alcalde de Lloret em va donar el suport de l'Ajuntament i el dia que recollíem signatures justament allí, a Lloret, l'Eduard, el regidor d'ERC, em va presentar la Maria Rosa, regidora d'Iniciativa. Va ser el mateix dia que els diputats d'aquest partit a Madrid em van dir que també m'acompanyarien a l'Audiència. Això em va tranquil·litzar força.

Dos dies abans d'anar a Madrid, vaig sortir a tres programes de TV3. Un amb en Josep Cuní i la Pilar Rahola, molt simpàtica i agradable; semblava preocupada. Un altre amb l'Albert Om; tant ell com el seu equip també van ser realment simpàtics i divertits. I el tercer amb les tres noies de Girona del *En directe*, la Sandra, la Núria i la Lídia. Una passada de noies també. Als vestidors vaig conèixer la Mari Pau Huguet i les maquilladores. Totes, tant la Mari Pau com les altres, van ser encantadores i em van donar molt suport. També em van entrevistar a *lamalla.net* i a moltíssims diaris i emissores de ràdio. La COPE, en canvi, no em va entrevistar. I l'*ABC* i *La Razón* tampoc. Que estrany, oi?

Aquell mateix dia vam enviar una carta a Pasqual Maragall perquè ens ajudés. Mentrestant, DIA, Mercadona i Leche Pascual negaven haver-me denunciat, però la Guàrdia Civil ens va dir que havien estat aquestes empreses. En l'ordre d'escorcoll ho deia ben clar.

IV

De viatge a l'estranger

–Mare, quin tren més incòmode.

Era un quart de nou del vespre del dimarts 14 de desembre quan vam sortir de l'estació de Girona. El bitllet deia que arribaríem a Madrid a les set del matí, però en realitat vam arribar-hi més tard. Gairebé dotze hores de Girona a Madrid! El tren es deia Estrella, però segur que una estrella fugaç no era... En avió tot hauria anat més ràpid, és clar, però a la mare li fan por els avions i tots vam patir les conseqüències d'aquesta por. El compartiment que ens va tocar era per a sis persones, nosaltres quatre –la Hotblack no va poder venir– i dos homes més. Amb un d'ells, per cert, vam haver de discutir-hi força, perquè estava entestat a posar la seva maleta de 70 x 40 en un portaequipatges –el del sostre– de 30 x 20. Ens va costar vint minuts convèncer-lo. Eren els seients més incòmodes que he vist a la meva vida, si no comptem els de bicicleta. Ostres, tu, dotze hores!

–Mare, puc anar al compartiment del costat? No hi ha ningú.

–Si no hi ha ningú, sí.

Vaig anar-hi amb el mòbil i amb la maleta amb les signatures de suport, en duia unes dues mil. Vaig trucar a la Marta, però no em va contestar. Era tard i tothom tenia el mòbil tancat. Em sentia sol, molt sol. Va ser llavors quan vaig sentir dues veus dintre meu. L'una em deia: «Estàs sol, ningú no es preocupa per tu.» L'altra, en canvi, em deia: «No pensis bajanades. Obre la maleta i mira quanta gent està amb tu.» Per altra banda, encara estava esperant la resposta d'en Maragall. «A què espera per fer-ho? Que m'hagin tancat?» Em sentia enganyat. Fins i tot en Josep Bargalló, conseller primer, em va donar suport i em va oferir la seva ajuda. I mentrestant jo pensava: «Però quina mena de justícia és aquesta? De debò sóc tan mala persona? De debò sóc tan perillós? Doncs si un correu demanant que etiquetin en català els afecta tant, caldrà enviar-los-en més. Així ens acabaran fent cas. Són empreses sense cap mena de vergonya. De fet, encara que els hagués amenaçat –que no ho vaig fer–, no es mereixen res millor. Volen fer diners als Països Catalans i nosaltres volem que respectin la llengua. Si no els sembla bé, que se'n vagin. Ningú no els obliga a ser aquí.»

Quan vaig tornar al meu compartiment, l'home de la maleta se n'havia anat al bar i l'altre dormia. Estàvem arribant a Barcelona. Allà va pujar en Martí Gasull, de la Plataforma per la Llengua, i vam parlar de moltes coses relacionades amb el cas i amb el català, coses que actualment està fent la Plataforma, que en són moltes, i coses que ha aconseguit, que també en són moltes. També vam parlar sobre el recorregut que faria el tren. Com podia ser que trigués tantes hores a arribar a Madrid? Primer anàvem al sud del país, és a dir a València, i després, anàvem a l'estranger a la velocitat de quan els meus pares eren petits, o sigui, xino-xano... Déu n'hi do, eh?

De sobte, va aparèixer un home al passadís llençant

cervesa per terra. Va entrar al compartiment i va dir al meu germà:

–Tu ets un hàmster?

–No –va respondre l'Adam.

–Doncs jo sí, sóc un hàmster. I tinc una navalla. –Es referia a un hàmster delinqüent, no a l'animal.

Pobret, anava borratxo acabat. Vaig estar a punt de dir-li: «Doncs jo sóc terrorista i demà declaro a l'Audiència Nacional, què passa?», però no tenia força per a res. Com que el pare va tancar la porta del compartiment, l'home va començar a donar cops a les parets i a fer ganyotes a través del vidre. Aleshores, quan el pare va córrer la cortina, l'home va obrir la porta i va cridar:

–Que sóc un hàmster!

I se'n va anar. Es va passar la nit amunt i avall del passadís colpejant el primer que trobava. Quan ja érem a prop de València, vam decidir trucar els vigilants perquè el fessin baixar. En Martí va marcar l'11888 per demanar el telèfon de l'estació.

–Hola, em podria donar el telèfon de l'estació de València?

–*¿Cómo dice?* –va respondre una dona.

Quina llengua parla aquesta dona? No estem arribant a València?

–Vull el número de l'estació de València –va insistir en Martí.

–*¿Qué?*

–Número... Estació... Trens... València. Estació... València...

–*Escuche, a mí no me hable en catalán, ¿eh? ¡A mí me habla en español!*

–No pot atendre la meva trucada en català? Doncs ho sento, hauré de presentar una queixa –va dir en Martí, i va penjar.

Vaig dir al Martí que truqués a l'11811; tot i que no atenen en català sempre et responen. Efectivament. El problema va ser que a l'estació ens van dir que de nit no tenien vigilants. «Doncs a veure si tenim una mica de sort i us destrossen el tren», vaig pensar. «A sobre que els avisem, es posen antipàtics.» Bé, aquest era un pensament personal, però és que faig servir bastant el tren de Renfe i li tinc una simpatia especial. He, he. Quan, finalment, el tren va sortir de València ja era evident que anàvem a l'estranger. Mai no havia anat a Espanya. De fet, no em feia cap il·lusió anar-hi, i menys en aquelles circumstàncies.

En Martí se'n va anar al seu vagó i jo em vaig passar la nit dormint i despertant-me cada dos minuts. Tot el contrari de l'home que tenia al costat, que dormia i dormia. Vaig pensar que potser era mort. L'altre, mentrestant, el curtet de la maleta, no parava d'anar al bar i tornar, i el borratxo vinga a donar cops a les parets. Quina nit! Sort dels dos milers de signatures que m'acompanyaven. Dos milers que gairebé es multiplicarien per set quan tornés a Catalunya. També m'acompanyava un brot d'una flor que em va regalar la Tere, una companya de feina de la mare. Em va dir que portava sort. Jo no hi crec gaire, en aquestes coses, però la intenció era el que comptava. Totes les companyes de feina de la mare s'han preocupat molt per mi.

Quan per fi vam arribar a Madrid, la cara que fèiem tots era un poema. A l'andana ens vam reunir amb en Martí. Allà ens esperava una amiga del meu germà, que ens va acompanyar fins a l'Audiència. El que em va agradar de Madrid va ser que podia trucar al meu país sense haver de pagar com si fos una trucada a l'estranger. Una bonica anècdota, també, va ser la que vam viure en pujar unes escales mecàniques. De sobte va venir un home corrents i com que érem al mig i no el deixàvem passar ens vam disculpar. «Tranquils, no passa res», va contestar-nos. Quina conya! La primera persona amb qui parlàvem a Madrid era un català.

Com que encara era molt d'hora, vam anar a un bar a esmorzar. Jo no volia res, però la mare em va portar un batut de cacau calent que, amb el fred que feia, em va sentar molt bé. Al lavabo vaig trucar a la Marta i a altres amics, però ningú no agafava el telèfon i això va fer que em tornés a sentir sol. Només tenia la meva inseparable maleta amb els missatges. Potser us semblarà absurd, però per a mi era com un escut. Era una maleta plena de papers, però papers amb missatges amb molt de significat. També estava una mica ofès amb la mare per haver-me amagat l'estelada que duia.

–Estàs bé? –em va preguntar ella quan vaig tornar del lavabo.

–Sí.

–Segur que no vols un entrepà o un croissant?

–No, no vull res. –Però em vaig prendre un altre batut de cacau.

No volia menjar res perquè tenia por de vomitar a l'Audiència. Va ser una bona pensada, hauríeu d'haver vist la fiscal...

Tot i que encara teníem dues hores per endavant, a les vuit ja tornàvem a ser a l'Audiència. Cada cop érem més, però. La Carme, d'ICV, en Francesc, de la Plataforma per la Llengua, en David, de les JERC, periodistes... De sobte, vaig veure un grupet que s'acostava. Eren els diputats d'Esquerra: Puig, Tardà, Canet... Em vaig posar molt content. L'únic que m'entristia era que tard o d'hora hauria de creuar una porta i ells no em podrien seguir. Per sort, s'estava creant un gran ambient i no paraven d'arribar missatges de suport. Hi havia gent que no ho feia per l'etiquetatge però sí per l'abús de poder que s'havia comès amb mi. Fins i tot vaig rebre un missatge d'un mexicà resident a Madrid que em deia que ell signava qualsevol cosa que fos en contra dels franquistes que governaven Espanya. M'agradava perquè em donaven suport no com a català, sinó com a ésser humà. També van venir un parell de diputats de CiU, en Carles Campuzano i en Jordi Xuclà. No sabia que vindrien, però em va agradar molt que ho fessin. Al davant hi havia un quiosc amb la bandera espanyola, el toro i coses d'aquestes... L'amo ens mirava amb mala llet, i encara més quan la mare li va explicar la raó que ens havia dut allà. La majoria de madrilenys no estan preparats per a això, no poden pair-ho. Però no em fan gens de pena, han tingut gairebé tres segles per adonar-se que tenen un problema. I és que tornarem a vèncer.

Tota la gent em feia molta companyia i intentaven que aquells darrers minuts d'espera fossin agradables. Mentrestant els periodistes anaven fent entrevistes. També trucaven per telèfon. N'hi havia que trucaven només per dir-nos com anaven les coses al país. La veritat és que la majoria dels periodistes que he conegut s'han portat molt bé amb mi.

Allà em vaig assabentar que dos departaments de la Generalitat, Benestar i Família i Política Lingüística, havien fet comunicats de suport. La consellera Anna Simó va apel·lar al sentit comú perquè em deixessin en pau. Maragall, en canvi, no deia res de res.

Per fi va venir un funcionari i em va demanar el DNI, estava sorprès de veure tanta gent al meu voltant. Era un guàrdia civil camuflat que feia estona que ficava el nas entre nosaltres per veure què passava. L'Emili, mentrestant, havia anat a veure quins papers tenien sobre mi. No és lògic que l'advocat no pugui veure l'expedient fins al moment de declarar, però quan diuen que ets un terrorista no tens cap dret. Quan va arribar el moment d'entrar, totes les càmeres es van girar cap a mi i els periodistes em van fer parlar. Vaig explicar una mica com em sentia i vaig donar les gràcies a la gent que m'estava donant suport.

Entre els periodistes hi havia dues dones que van dir:

–*¡Mira, mira, un famoso!*

–*A éste no lo he visto nunca por la tele, ¿quién es?*

–*No lo sé, pero da igual, es famoso.*

–*¡Eh, oigan! Aquí no pueden entrar* –va dir un guàrdia a tota la gent que em seguia.

–Que no? I tant que sí! –van respondre els polítics mostrant el seu carnet de diputat.

–*¡Huy! No sé, lo tendré que preguntar.*

–Estareu amb mi durant la declaració? –vaig preguntar esperançat al Francesc Canet, d'ERC.

–No, no ho crec, però parlarem amb la fiscal –va respondre.

Em va saber molt greu que no em poguessin acompanyar. Per un moment havia pensat que sí que podrien. Per sort, les signatures de suport seguien amb mi.

–Adam, és millor que et quedis a fora –va dir la mare al meu germà.

Vaig passar el detector de metalls, em van fer pujar uns quants pisos i al cap d'una estona va venir la fiscal. Es volia fer la simpàtica –«*Hola, ¿qué tal?*»– i somreia.

–*Tranquilo, Èric, ahora entramos* –em va dir.

–D'acord –vaig respondre disposant-me a entrar.

–*No, no. He dicho que ahora entramos, espérate.*

Ahora vol dir ara, oi? No sé quin concepte tenen del temps a Espanya. El cas és que em vaig haver d'esperar una hora ben llarga. La fiscal, mentrestant, estava protegida per tres guàrdies. Vés a saber quina idea tenien de mi. Aleshores va trucar en Joan Puig i ens va dir:

–Hem estat parlant amb la fiscal al seu despatx. Vigileu, va de debò.

No era un missatge gaire tranquil·litzador, però era important estar preparat. Jo, dels nervis, no parava d'anar al lavabo. El lloc era inhòspit: un vestíbul amb tres cadires al costat d'un ascensor, uns passadissos, tres guàrdies civils que em vigilaven com un «perillós delinqüent informàtic»... Si m'alçava de la cadira, ells també s'alçaven; si m'asseia, ells també s'asseien. Fins i tot, la primera vegada que vaig anar al lavabo, un d'ells va venir darrere meu.

«Què em preguntaran? Què diré? Què em faran?», em deia a mi mateix en veu baixa.

–*Ya pueden pasar* –va dir un guàrdia.

Darrere meu venien els tres guàrdies civils. Em van obrir la porta, vaig agafar aire i vaig entrar.

V

Es demostra que tot ha estat un «error»

–*Hola Èric* –em va dir la fiscal–. *Siéntate aquí delante.*

La fiscal estava asseguda darrere d'una taula acompanyada per dues noies, una a cada banda. L'una transcrivia la declaració a l'ordinador i l'altra no sé ben bé què feia. A un costat de la taula hi havia l'intèrpret, i l'Emili i jo érem just al centre. Els meus pares i la psicòloga eren al fons de la sala i els guàrdies s'havien quedat a fora.

–*Bien, empecemos* –va dir la fiscal–. *¿Sabes por qué estás aquí?*

–No –vaig respondre amb veu segura. Va ser un no rotund.

–No –va traduir l'intèrpret.

La fiscal el va fulminar amb la mirada.

–*Estás aquí por haber amenazado a tres empresas. Una de esas empresas, Supermercados DIA, te ha denunciado.*

–Jo no he amenaçat ningú.

–*Yo no he amenazado a nadie* –va dir l'intèrpret.

–*Has amenazado a* una *empresa, y esto es muy grave.*

–A veure l'amenaça.

–*A ver la amenaza* –va repetir l'intèrpret.

–*Cuando no entienda alguna cosa ya te pediré que traduzcas* –va dir la fiscal a l'intèrpret amb mala cara. Després, mirant-me a mi, va afegir–: *Una empresa ha denunciado la amenaza, y al ser una amenaza terrorista estás aquí.*

–Ensenya'm l'amenaça –vaig insistir.

–*Ahora no sé dónde está, pero da igual.*

–No, no és igual. Tu has dit que he amenaçat, doncs jo vull veure l'amenaça.

–*Es que ahora mismo no la tengo aquí...*

–Doncs si no la tens tu, que ets la fiscal, qui la té? No existeix...

–*Además en tu página web hemos encontrado fotos de...*

–Que m'ensenyis l'amenaça! –vaig insistir una mica emprenyat. Em feia molta ràbia que canviés de tema. Si de debò he amenaçat, vull que em digui on és l'amenaça.

–*Es que está en catalán y, claro..., yo no sé catalán... Para encontrarla ahora...* –em va contestar. Es notava que s'estava posant cada cop més nerviosa. Les coses no anaven com ella volia.

–No, l'«amenaça» no està en català. L'«amenaça» la vaig escriure en castellà perquè les empreses l'entenguessin i la poguessin respondre.

En aquell moment va ser com si li hagués donat un cop de puny a l'estómac. Allò li va fer molt de mal. A més, ho vaig dir mentre tirava la cadira endavant amb indignació. Ni tan sols havia mirat el correu electrònic que m'havia dut fins allà. No era per emprenyar-se? Em feien anar a Madrid per un correu que ni tan sols sabien què deia.

Les dues noies del seu costat feia estona que reien discretament, però ara ho van fer obertament. El riure, però, els va durar poc, perquè la fiscal gairebé les va assassinar amb la mirada.

–*¡Huy! A ver...* –va dir la fiscal girant quatre pàgines del dossier fent veure que cercava la suposada amenaça–. *Es que es un dossier muy amplio y, claro, para encontrarla...*

–Vull veure l'amenaça. –Jo, tossut que tossut.

–*Da igual ahora la amenaza.*

–No, has dit que he amenaçat. Vull que m'ensenyis l'amenaça. Fins que no me l'ensenyis no parlaré més.

La fiscal em va mirar de mala manera. Va començar a cercar un altre cop en el dossier, però no ho trobava. Evidentment, si no ho trobava era perquè no ho buscava. Només passava pàgines.

–*¡Huy! Me sabe mal, ahora no lo encuentro* –se la veia molt nerviosa.

Jo no vaig dir res. Fins que no m'ensenyés el famós correu electrònic no parlaria. Se la veia contenta de no trobar-lo, però l'alegria li va marxar quan una de les noies va dir:

–*¡Mirad, lo he encontrado en esta copia del dosier!*

La fiscal feia molt mala cara. Jo vaig tornar a moure la cadira, aquesta vegada cap enrere per relaxar-me una mica.

–Molt bé –vaig dir-li–. Ara llegeix el correu en veu alta i digue'm on veus l'amenaça.

El va llegir i, en acabar, nerviosa, em va dir:

–*¿Tú, esto, no lo encuentras amenazante?*

–No –va ser un altre no rotund que la va mig emprenyar–. Jo el que trobo amenaçant és el correu que vaig rebre uns dies després: el del suposat denunciant, dient-me que si continuo així tinc els dies comptats. A més, aquesta mateixa persona va anar no fa gaire al fòrum del Racó Català per dir coses rares i intimidar-me.

Vaig donar-ne una còpia a la fiscal i em va dir que allò no era amenaçant, que no tenia importància. Després va continuar:

–*Pero a ver, Èric. En esta conversación dices a un amigo que el día uno de octubre atacaréis bombardeando con correos electrónicos. ¿Ves como querías bombardear? ¡Amenazaste con bombardear con correos electrónicos!*

–Jo no he amenaçat ningú de bombardejar-lo amb correus electrònics. Oi que a l'«amenaça» no diu res de bombardejar amb correus? Doncs no he amenaçat ningú.

–*Pero en la conversación con ese amigo tuyo sí que lo dices.*

–Però es tractava d'una conversa privada. I amb un amic parlem així, ens entenem així. Si hagués dit això a l'empresa potser seria greu. No seria una amenaça terrorista, però sí una amenaça. Però el cas és que jo no he amenaçat l'empresa amb això, simplement ho he dit a un amic meu.

Jo ho trobava molt absurd. Ella, en canvi, no ho entenia. Més ben dit, no ho volia entendre. Era com si jo digués «En Pep és molt dolent. És que el mataria.» Això no és una amenaça, és una manera de parlar. En canvi, si anés a veure en Pep i li digués «et mataré», sí que seria una amenaça. La veritat és que no sé si la fiscal m'entenia gaire en català, però per fer-se la dura o la llesta sembla que s'estimava més no entendre'm que no pas demanar ajuda a l'intèrpret.

–*¿Sabes qué quiere decir bombardear con correos electrónicos, en términos informáticos?*

–Sí que ho sé, però jo no...

–*¿Lo ves? Apunta, apunta que sí lo sabe. Era bien consciente de lo que hacía* –va dir a una de les noies.

–Et dic que jo no estava parlant amb cap informàtic! Jo simplement ho comentava amb un amic meu.

–*Pero sabías perfectamente lo que quería decir. Por lo tanto eras consciente de lo que decías.*

–Jo, amb un amic, parlo com em dóna la gana. Si amb ell m'entenc així, parlo així.

–*Pero es una amenaza hablar así.*

–Com que ame...

–*No, no. Apunta que sabía lo que hacía. Era bien consciente de todo.*

La declaració havia començat bastant animada, però ara s'estava tornant ridícula i cada cop més pesada.

–*Mira esta foto, Èric. Es la foto que tienes en tu web. Pone que eres el* cap *del Ejército del Fénix.*

–Ja sé quina foto tinc a la web.

–*Pues* cap *quiere decir líder, ¿verdad? Y los líderes son peligrosos.*

Ara no entenia on volia anar a parar.

–Home, líder ben bé... –ho trobava ridícul–. Seria més aviat un *jefe*.

–*A ver* –va dir adreçant-se a l'intèrpret–, *un* cap *es un líder, ¿no?*

–Sí –va respondre ell.

Doncs mira, vaig pensar. Li fan traduir una paraula i l'espifia. Ara resultarà que un cap d'estació, per exemple, és el líder d'estació. Si tot ho ha de traduir així, aquest... A partir d'aquell moment vaig veure que havia de dir algunes coses en castellà per evitar que l'intèrpret fes traduccions rares que em podrien perjudicar.

–*Mira esta conversación* –em va dir–. *Dices que ETA les pondrá una bomba por el culo.*

Jo, en aquell moment, no sabia de quina conversa em parlava. Havia passat tant de temps d'allò... Era una conversa privada de feia mesos.

–*¿Qué? Aquí no sabes qué decir, ¿eh?* –em deia contenta–. *Apunta que no sabe qué decir, apúntalo.*

–Espera, deixa'm veure la conversa –vaig dir–. *La conversación.*

–*Ya te la leo yo.* –I es va posar a llegir-me una llista d'insults. Coses com ara «paràsits, franquistes, aznaristes, feixistes de merda, cagacalces, menjamocs...»–. *Todo esto lo has dicho tú, lo que demuestra que eres un chico violento. ¿Qué tienes que decir ahora?* –I adreçant-se a la noia de l'ordinador, va afegir–: *Apunta que no dice nada.*

–Jo he dit això?

–*Sí, claro. Lo tengo apuntado aquí, y esto ha salido de tu ordenador.*

–Doncs..., no ho sé...

–*Venga, apunta que no sabe. ¡Apunta!*

Jo pensava: «No sé a què es refereix. Jo no he insultat ningú. Una cosa és dir "idiota" en broma a un amic, però tot això... Que estrany, perquè jo no tinc el costum d'insultar.»

–*¿Y ves? Hablas de ETA y de Terra Lliure. ¿Sabes lo que es eso? Es exaltación del terrorismo. Es muy grave. Las bandas terroristas no se las puede ni nombrar.* –I un altre cop a l'assistenta–: *Venga, apunta que no sabe.*

–*¡Pero que me dejes leer la conversación!* –vaig insistir.

–*No, no. Apunta que no sabe y ya está.*

La tensió a la sala era molta, i això era preocupant perquè, tant si esclatava la fiscal com si esclatava jo, les conseqüències les patiria jo. Per què l'Emili no hi intervenia? Jo tenia dret a veure el paper.

–Espera't, ja me'n recordo. *Pero esta conversación* me l'heu *manipulado*! –vaig dir emprenyat. Em vaig adonar que era la conversa que havia tingut amb els amics fatxes de la Marta.

A la fiscal, li va tornar a canviar la cara.

–Ensenya'm la conversa sencera! –vaig exigir–. *¿Por qué habéis borrado los trozos donde hablan ellos y habéis dejado sólo los que hablo yo?* Ensenya'm la conversa sencera.

Les dues noies van riure i la fiscal les va tornar a mirar amb ulls assassins. Seguint el seu patró, per la seva mirada també li haurien hagut d'aplicar la llei antiterrorista.

–On és l'altra part de la conversa? Què passa, que no us interessa?

–*No sé dónde está la otra parte...* –va respondre remugant, cosa que demostrava que sabia molt bé que hi havia una altra part–.

–*Pues si lees la otra parte de la conversación verás que esto era la respuesta a una banda fascista que me estaba amenazando con apuñalarme. ¿No os importa que una banda fascista me quiera matar? ¿No os importa que una banda fascista vaya «apallissando» a la gente que no piensa como ellos? Mejor dicho, a la gente que «piensa». ¿Por qué será que eso no te importa?*

Jo, és clar, era un *rojo separatista*. La banda feixista i ells, en canvi, pensaven el mateix.

–*Bien, Èric, eso es igualmente una exaltación del terrorismo. No se puede nombrar ni a ETA ni a Terra Lliure. Además, eso de que te querían apuñalar aún está por ver...*

Del correu electrònic que em va dur a Madrid, gairebé no en vam parlar, i el poc que ho vam fer va ser perquè jo sí que volia parlar-ne. No era lògic que em fessin anar fins allà per una raó que després resultava que no tenia cap importància. Volia que la fiscal em digués on hi havia l'amenaça, però ella no deia res. Què havia de fer jo si no existia l'amenaça terrorista?

–*En tu página web hemos encontrado fotos de banderas españolas quemándose.*

–Aaahhh! –vaig fer en un to burleta mentre pensava: «Ja veus quina novetat.»

–*Esto es muy grave, ¿lo sabes?*

–No.

Les noies van començar a riure un altre cop i jo tampoc ho vaig poder evitar.

–*¿Cómo? ¿Te da risa? ¿Tú sabes, Èric, lo grave que es esto? ¡Esto es un delito muy grave penado por la Constitución española y a ti te da risa!* –Aquesta darrera frase la va dir cridant–. *¡Sólo por eso te puedo encerrar ahora mismo!*

–Home, tampoc és això...

Veient com s'havia posat no vaig poder evitar descollonar-me per dins, però per fora vaig haver de dissimular perquè aquella dona tenia a les seves mans el meu futur.

Em va fer un discurs sobre la Constitució espanyola i va continuar:

–*Es muy grave quemar una bandera española, ¿lo sabes?*

–No. *Pero además yo no he...*

–*¡Pues si lo sabes significa que eras bien consciente de lo que hacías! ¡Apunta eso! ¡Apúntalo!*

–*No te he dicho que sí, te he dicho que no. Te he dicho que no sé lo grave que es, y además yo no he quemado ninguna bandera española.*

–*Es igual, porque tener esas imágenes es lo mismo. ¿Por qué tenías esas imágenes, pues?*

–Perquè a la web hi entrava molta gent que sí que *les*

gustan esas imágenes. Las saqué de Internet. Están en muchas páginas.

Jo parlava català i castellà alhora, però estava fent un gran esforç per traduir.

–*Esto es ultraje a tu bandera.*

–*¿A mi bandera? Yo sólo tengo una bandera, y no es precisamente la española.*

–*La bandera de España es tu bandera porque eres español.*

–Jo no sóc espanyol.

–*Quieras o no, eres español. Tu país es España y siempre lo será. Yo soy burgalesa, pero también española. Tu eres catalán, pero también eres español y tienes que respetar tu bandera.*

–Jo sóc català *y respeto mi bandera...*

–*Eres catalán y español...*

–Català per naturalesa, espanyol per coac...

–*¡Eres español te guste o no te guste!* –em va tallar indignada. Llàstima, tan bé que m'estava quedant la frase–. *¿Verdad que eres español?*

El to de la fiscal anava d'acord amb la meva frase: intentava coaccionar-me en el sentit de dir-me «digues que sí o et tanco». M'estava obligant a dir coses que jo no diria mai. Per això, al principi em vaig quedar callat.

–*¿Verdad que eres español? ¡Venga, di! ¿Eres español?*

–Jo sé el que sóc –vaig contestar finalment–, *y no necesito un papel mal plastificado para saberlo.*

–*¡Di que eres español o te encierro!* –aquí ja em va amenaçar sense embuts.

Jo no vaig respondre.

–*A que te encierro... ¿Eres español?*

–Políticament, per desgràcia, sóc...

–*¿Lo ves?, ya está. Tienes una bandera muy bonita y la tienes que respetar. Si algún español como tú* –va remarcar molt aquest «*como tú*»– *entra en tu página web y ve esas imágenes, ¿no crees que se ofendería? ¿Qué haces tú cuando ves una página web con la bandera de Cataluña quemándose?*

–Tanco la pàgina. *Más bien dicho, ya ni entro en una página así. No merece mi visita ni la de nadie.*

–*¿Verdad que te ofendes?*

–*No hago caso.*

–*¡Te ofendes!*

–*Te digo que no hago caso. Además, una cosa es la bandera de un país y otra la bandera que destruye a un país. En este caso más de un país... La gente no quema banderas españolas porque sí. Si lo hace por algun motivo será.*

–*A ver Èric, eres un chico muy inteligente, demasiado inteligente, y esta inteligencia se tiene que controlar porque si no se controla puede descarrilar como ha pasado ahora. Si con catorze años has hecho esto, ¿qué harás con dieciocho?*

«I a tu què t'importa, senyora?», vaig pensar. Tot i així, entre ximpleria i ximpleria van passar quatre hores. Quatre hores sense poder descansar ni beure un got d'aigua. Quan ja arribàvem al final, la fiscal va preguntar:

–*¿Alguien tiene algo más que decir?*

Llavors l'Emili va dir algunes coses que van anar molt bé:

–*Aquí se ha ido a buscar la única conversación «salidita de tono» que se le ha encontrado a Èric. Pero las conversaciones normales no aparecen por ninguna parte. Por ejemplo, al principio de su página web dice «conquistaremos la libertad sin armas». Eso nadie lo ha tenido en cuenta.*

–*A ver si es verdad eso* –va dir la fiscal. I en veure que sí, va afegir sense donar-hi importància–: *¿Alguna otra cosa?*

–*Toma, Blanca, te he traído cientos de firmas de apoyo que estoy recibiendo* –vaig dir jo mostrant-li la maleta.

–*¿Qué? ¡Huy! Guárdatelo, me da miedo pensar que tanta gente pueda pensar como tú.* –I tot seguit, adreçant-se a la meva mare, va dir–: *Le tendremos que hacer un examen psicológico a toda la familia. Dentro de unos días les enviaremos una carta comunicándoles el día y la hora. Será después de Navidad.*

Si havíem d'esperar a rebre una carta seva... La carta que ens havia de citar a declarar no l'hem rebuda mai. Va ser l'Emili qui se'n va assabentar per contactes telefònics. De fet, si haguéssim volgut, podríem no haver-hi anat, perquè no hi havia cap certificat que ens cités. Si, malgrat tot, hi vam anar va ser per treure'ns el mort de sobre i perquè tot s'acabés d'una vegada en lloc d'allargar-se mesos i mesos. Ensarronat en aquella sala, em mirava la fiscal i pensava: «L'examen psicològic te l'hauries de fer tu, el necessites més que jo.»

–*¿Y no puede ser hoy?* –va demanar la mare–. *Es que verá..., nosotros no venimos de aquí al lado...*

–*No, ya es tarde y Èric está cansado.*

–*Pero a ver, ¿es tarde para nosotros o para ustedes?* –va dir l'Emili.

–*Hombre..., es que nosotros por la tarde no trabajamos.*

–*Pero Èric toma tranquilizantes porque no puede dormir* –va insistir la mare–. *Hace días que no va al instituto. No puede estar así hasta que a ustedes les venga bien.*

–*Señora, no me diga usted cómo tengo que tratar a los niños. Soy una profesional especializada en menores y en defender sus derechos.*

–*¡Pero...! Bueno, mejor me callo...* –la mare es moria de

ganes de dir coses, però es mossegava la llengua per no perjudicar-me.

Al final, vam poder arribar a un acord amb la psicòloga per fer el test l'endemà. La mare va obrir la porta de la sala i els tres guàrdies es van aixecar, però en veure que només sortia ella van tornar a asseure's. Després, quan van veure que jo també sortia, es van aixecar un altre cop i van seguir tots els meus passos fins a la sortida. Quan ja érem a la planta baixa, vam veure que l'entrada, per la part de fora, era plena de periodistes i de tota la gent que havia vingut a donar-me suport. Es van girar de cop i tot just obrir la porta em vaig trobar atrapat al mig d'una allau de càmeres i micròfons. Vaig començar a donar la meva opinió de la declaració, però els meus pares em van fer callar perquè veien que estava massa nerviós. Potser tenien raó.

Estava emprenyat. Havia entrat pensant que arxivarien el cas i resultava que sortia acusat d'enviar amenaces terroristes, d'exaltació del terrorisme i d'ultratge a la bandera espanyola. Quan es va acabar la declaració em vaig treure un pes de sobre, però ara me'n venia un altre...

VI

Respiro una mica, però no gaire

En sortir d'aquell gran cau de paràsits, vaig anar amb tota la colla al Congrés de Diputats. Bé, amb tota la colla no, només amb els diputats d'ERC i la gent de les JERC i de la Plataforma, que s'havien quedat amb el meu germà fent-li costat i amb la meva jaqueta i les nostres bosses, perquè els diputats d'ICV i CiU havien hagut de marxar abans. Devia ser divertit veure una colla de diputats passejant-se per Madrid amb aquelles bosses. Primer em volien dur a dinar, però jo no ho vaig voler: ja que érem a Madrid, volia que anéssim a veure en Zapatero. Bé, de fet, en Zapatero m'era igual, però sabia que al Congrés parlarien de mi i em feia il·lusió sentir el que deien.

Aquella tarda, al Congrés, hi havia sessió de control al govern i ERC tenia prevista una pregunta sobre el meu cas. Em van fer seure al lloc de convidats. Cada partit disposava de cinc minuts per dir el que volgués. Quan va arribar el torn d'ERC, en Joan Puig, adreçant-se al ministre de Justícia, va preguntar:

–*¿Piensa el Gobierno modificar el actual Código Penal con el fin de garantizar los derechos y las libertades de los ciudadanos?*

Ara no recordo la resposta, però el ministre, si fa o no fa, va dir que, tot i que no canviarien el Codi per un cas particular, sí que tenien pensat modificar-lo. Aleshores en

Joan Puig va llegir alguns fragments del text que jo havia penjat a Internet:

–«*Era el día 24 de septiembre, creo*» –va dir traduint directament del català una versió dels fets que havia escrit jo–. «*Estaba en mi casa y vi que muchos productos no estaban etiquetados en catalán y decidí enviar un correo a tres empresas pidiendo que lo hiciesen en lengua catalana. El día 30, a les once de la noche, recibí la visita de más de veinte guardias civiles. Eran de la brigada antiterrorista venida expresamente desde Madrid...*»

Es va començar a sentir una remor a la sala. Llavors en Joan Puig, adreçant-se a mi en català, va dir:

–Gràcies, Èric, pel teu exemple de valentia i honestedat per als demòcrates.

Aleshores, amb l'excusa que no es podia adreçar als convidats, el president del Congrés, Manuel Marín, li va retirar l'ús de la paraula. Puig es va queixar al·legant que hi havia precedents, però va ser inútil. Pel que fa als diputats, en veure allò, de seguida es van girar i em van mirar. Alguns amb molt mala cara, per cert. Em miraven com si fos un aprenent de terrorista. Alguns diputats van presentar una queixa sobre el tall de Marín i, tot seguit, vam sortir al pati del Congrés, on em van saludar i em van donar suport diputats de tots els partits menys d'un. Allí vaig conèixer també la resta de diputats d'ERC i d'ICV. De sobte, va passar pel nostre costat Alicia Sánchez-Camacho, diputada del PP de Catalunya, que, en veure'ns, va girar la cara i va continuar el seu camí. A continuació vam anar a dinar al menjador del Congrés. Allà també em van fer alguna entrevista més. A la meva mare i a l'advocat no parava de sonar-los el mòbil, tothom volia entrevistes. Jo anava escoltant el que deia la mare i m'emprenyava d'allò més, perquè deia coses completament falses. Per exemple, que m'havia convertit en un radical.

Jo no m'he convertit en un radical. Sí que he canviat en tot aquest temps, però abans de començar aquesta història ja tenia les coses molt clares. És fals que no vulgui saber res d'Espanya, jo hi tinc amics, a Espanya, i després d'això els continuo tenint. Si busques sempre trobes bona gent. Ara bé, el motiu pel qual encara necessitava un psicòleg era perquè la mare deia el que volia i jo no em podia defensar.

Però, bé..., perdoneu, de vegades m'enfilo... Al menjador del Congrés vaig conèixer els diputats del PNB, molt simpàtics. Em van dir que el que m'havia passat a mi era el pa de cada dia al seu país. És cert, allà acusen d'etarra tota persona que no pensa com a Madrid. A Catalunya ja està començant a passar. Per això era important que nosaltres responguéssim, perquè si no ho aturem hi tornaran.

L'Emili, que no es podia quedar fins l'endemà, va presentar la primera queixa contra la fiscal i va marxar. Dic la primera perquè n'hi hauria més. Va ser un detall que ERC ens busqués un hotel, i encara més que ens el pagués. Era un hotel molt maco; llàstima que no el vam poder aprofitar gaire. Aquella nit, com que en Joan Puig i els altres diputats tenien un sopar concertat amb els periodistes, nosaltres quatre i en Martí vam anar pel nostre compte. Malauradament, en David, de les JERC, i en Francesc, de la Plataforma, van haver de marxar. El sopar d'en Joan Puig era bastant divertit. Es veu que els periodistes triaven el diputat més simpàtic, el més ben vestit, el que havia fet la pregunta més surrealista, etc. Doncs bé, dels milers de preguntes que s'havien fet al Congrés, en van triar quatre com a candidates a la pregunta més surrealista i una d'aquestes va ser la que es referia a mi. A mi em feia il·lusió que guanyés, però no va ser possible. Pel que em van dir, els periodistes es pensaven que en Joan Puig els prenia el pèl. Només quan em van veure s'ho van creure. Els periodistes també em van dir que l'endemà de la meva declaració, a Espanya no els van deixar parlar gaire sobre el tema.

Mentre sopàvem vaig llegir el diari *Avui*, l'únic diari en català que vaig trobar a Madrid. Parlava de mi i em dedicava una pàgina. El titular deia: «El noi que demanava etiquetatge en català segueix acusat de terrorisme», i el subtítol: «El jove que va enviar e-mails de l'Exèrcit del Fènix declara a l'Audiència Nacional, que pot imputar-li també "ultratge" a la bandera espanyola.» I més avall, entre altres coses, recollia unes declaracions meves: «Val més sortir als diaris i a la televisió defensant el català, la meva llengua, que no pas al *Salsa Rosa*.» A la pàgina del costat hi havia una notícia sobre la detenció d'un grup neonazi a Girona. «Aquest grup nazi ha apallissat molta gent», vaig pensar, «fa amenaces de mort, té punyals, escopetes d'aire comprimit, munició..., i ja veurem quants dies trigaran a ser al carrer. I jo, que no he fet res, mireu on sóc». No m'equivocava. L'endemà mateix ja n'hi havia uns quants en llibertat i el dia següent ja no en quedava cap a la garjola. S'estan formant bandes nazis a tot arreu i ningú no les atura. I cada cop són més fortes i cada cop fan més mal. Cal que us recordi què va passar a la Patum de Berga l'any 2005? Segur que tots ho recordeu.

* * *

El meu segon dia d'estada a Madrid em vaig despertar molt d'hora. Normalment, m'agrada ronsejar una estona al llit abans de llevar-me, però aquell dia tenia moltes ganes d'anar a l'Audiència Nacional i treure'm allò del damunt. «Per malament que vagi», pensava, «segur que no serà pitjor que ahir». Pobre de mi, que equivocat que estava.

Amb en Joan Puig vam anar a l'Audiència, on ens esperaven la resta de diputats d'ERC i la Plataforma per la Llengua. La veritat és que, independentment del que pensi políticament sobre ERC, les JERC, ICV, CiU i la Plataforma, he de reconèixer que tots es van portar molt bé amb mi. A l'Audiència vam entrar-hi tots quatre, el meu germà també. Vaig passar pel detector de metalls i vaig pensar en els consells que l'Emili m'havia donat el dia abans amb vista al test. No eren res de l'altre món, però em tranquil·litzaven una mica.

L'examen va durar un parell d'hores i va ser molt dur. Tota l'estona vaig estar sol davant la psicòloga i amb un intèrpret al costat. L'intèrpret semblava bon home, però es limitava a traduir. Era com si no hi fos. Dues hores cara a cara amb una dona amb capacitat per manipular la ment. Va ser això el que va intentar tota l'estona: manipular-me. Sort que jo tenia les coses clares.

Em feia preguntes personals, mirava de manipular les meves respostes i em feia discursos en defensa de la *Constitución española* i la *selección nacional*. No deia res interessant ni vam discutir gaire, perquè, globalment, tot el que diu el seu informe s'ho va treure de la màniga. Podria haver-me quedat dormint a l'hotel i l'informe diria el mateix. Potser és que ja té un informe estàndard per a *rojos separatistas*.

–*¿Y por qué queréis selecciones catalanas si tenéis las españolas, que son muy buenas?* –el tema de Fresno era molt recent–. *La Constitución española es intocable, ya que es la mejor que hemos tenido y la mejor que podremos tener jamás. Es un orgullo tener esta Constitución.*

–Sí, sí –li deia jo–, per això sóc aquí, perquè la Constitució és una meravella, oi? Defensa els drets i llibertats dels ciutadans i tots som tractats igual.

A la paret hi havia un pòster que deia: «*Nadie será discriminado por la lengua que use.*» Quina conya, eh? En el resultat de l'examen que em van enviar unes quantes setmanes més tard va quedar clar que allò era fals. L'únic pòster que tenien deia una gran mentida... Tenia molta calor, i amb el jersei que duia encara més.

–*Tranquilo, Èric. Yo sólo te haré unas preguntas. Después llevaré todos mis apuntes al equipo técnico y entre los tres profesionales que lo formamos decidiremos cómo estás y te lo comunicaremos.*

«Si vostès han de decidir com estic jo, ho tinc clar», pensava. Tres persones que no m'havien vist mai, i que no havien parlat amb ningú del meu entorn, feien el gran informe psicològic a base d'inventar-se les meves respostes.

–*¿Estás disfrutando de tu viaje a Madrid?* –Quin morro de pregunta. A sobre em vacil·lava.

–Home, és la primera vegada que vinc a Espanya però...

–*¿Cómo que es la primera vez que vienes a España?* –la dona flipava.

Ho estava tant, de flipada, que quan van entrar els meus pares el primer que els va dir va ser:

–*¡Vuestro hijo dice que es la primera vez que viene a España!*

Si la meva resposta la va al·lucinar, la de la meva mare la va deixar en estat de xoc:

–Sí, és la primera vegada, què passa?

Potser és que tenir catorze anys i no haver viatjat a Espanya atemptava contra la seva Constitució. Com dic, l'examen psicològic no tenia res de psicològic. Era un informe polític. Les preguntes, això sí, força *freakies*:

–*¿Y a ti qué música te gusta? ¿Cuáles son tus grupos favoritos?*

–Obrint Pas, Lax'n'Busto, Mesclat, Brams, Els Pets...

–*¡Huy, huy! ¿Qué es eso?*

–Rock català.

–*Ah, música en catalán... ¿Y te gusta ir de fiesta?*

–Sí, a l'estiu m'agrada anar als concerts dels meus grups preferits.

–*¿A qué conciertos vas?*

–Als d'Obrint Pas, Lax'n'Busto... Als de Mesclat i Brams no hi he pogut anar mai encara. Obrint Pas i Lax'n'Busto toquen a moltes festes majors.

–*¿Y con quién vas?*

–Amb els meus amics.

–*¿Tienes amigos?*

Tot l'examen va ser per l'estil: «*¿Qué cobran tus padres al mes? ¿Trabajan los dos, tu padre y tu madre? ¿Qué piensan tus amigos de todo esto? ¿Y qué piensas tú?*» Una de les respostes que la van afectar més va ser aquesta:

–Jo crec que està bé exigir l'etiquetatge en català. Ja que

la Generalitat no ho fa, ho hem de fer nosaltres. Si tots enviéssim un correu demanant l'etiquetatge en català estic convençut que les coses anirien millor... Però és que no hi havia cap amenaça enlloc, ni tan sols la fiscal la va saber trobar ahir.

Se'm va quedar mirant i va dir:

–*Bueno, yo no estoy aquí para decir si has cometido un delito o no.*

Em va demanar els missatges de suport. Va dir que a ella sí que li interessaven.

–*Voy a hacer fotocopias de algunos. A mí sí me interesa saber lo que piensa la gente. Mientras tanto vete rellenando este papel.* –Era un formulari amb preguntes sobre el meu caràcter: «*¿Qué harías si...*». Jo havia de marcar amb una creu el sí o el no.

Mentre emplenava el full, l'intèrpret em va dir:

–Vinga, fes això i s'haurà acabat tot.

Era una frase senzilla, però en aquell moment va significar molt per a mi.

Quan la psicòloga va tornar em vaig queixar que hi havia preguntes que no es podien respondre amb un sí o amb un no. Per això, en algunes, vaig posar la creu al mig. Ella em va dir que era igual on la posés, però al mig no. No li vaig fer cas i vaig marxar. Aleshores va cridar els meus pares. Una de les preguntes més patètiques que els va fer va ser si el fet que la mare treballés havia afectat la família. Que la mare treballés afectava la família; que ho fes el pare, no. També els va demanar quant cobraven i quantes hores treballaven. Després va fer entrar l'Adam. Quan tot va acabar, ens van tornar el seu ordinador. Estava completament desmuntat. També ens van tornar el material que ens havien confiscat: papers, disquets, el meu diari personal... Tot segellat amb l'escut de la Guàrdia Civil.

–*¿Queréis una bolsa para ponerlo?* –ens va dir una secretària, referint-se a l'ordinador.

–Sí, si us plau.

Se'n va anar i va tornar amb una bossa del DIA! Sí, sí, del DIA! No sé si ens estava vacil·lant o què, però li vam dir que ja se la podia confitar. Que preferíem anar amb l'ordinador a les mans.

El millor del test amb la psicòloga va venir al cap d'uns quants mesos, quan vam rebre l'informe global. És un informe per emmarcar-lo. Llegiu-ne alguns fragments:

> «*...manifestándose los padres pacifistas, contrarios a la utilización de la misma* [violència] *y encargándose de dejárselo bien claro a sus hijos. Esto último contrasta con la ausencia de una postura claramente crítica ante los actos de su hijo y ciertos contenidos de la página web creada por él. Por ejemplo las imágenes de quema de la bandera española, que más bien justifican como una "chiquillada" debida a la edad.*»

Els meus pares són pacífics. Però no han tingut cap actitud crítica amb «*los actos de su hijo y ciertos contenidos de su página web*», per la senzilla raó que no hi ha hagut cap acte. Jo no he fet res mal fet. Per tant, no hi ha d'haver cap actitud crítica en contra meva. A més, els pares mai no han pensat que tot plegat fos una «*chiquillada*». L'únic que han pensat és que la gent de l'Audiència està malament del cap i que hi ha molts franquistes allà dins.

> *«Es la primera vez que ocurre algo así en la familia, por lo que en un primer momento se sorprendieron y asustaron no comprendiendo lo que estaba ocurriendo con su hijo, dada la gravedad de las acusaciones.»*

És la primera vegada que passa una cosa així a la família o és la primera vegada que ens fan una cosa així a tota la família? Al cap i a la fi, no era la primera vegada que jo enviava un correu electrònic demanant alguna cosa en català. Ja ho havia fet més d'un cop. La novetat era que ells van venir a casa i em van acusar de terrorista. Això sí que era la primera vegada que m'ho feien. O sigui que sí, que aquella era la primera vegada que passava una cosa així a la família. És clar que ens vam espantar, i, com és lògic, no compreníem què estava passant. No havia passat res fins que van venir ells.

> *«A raíz de una noticia según dicen "falsa" que salió en el* Diari de Girona *sobre el caso, y que contestó su abogado, les parecía todo muy exagerado y les costaba asimilar lo que estaba ocurriendo por lo que deciden contactar con los medios de comunicación, entre ellos TV3.»*

Posen en dubte que la notícia fos falsa? Per què es destaca TV3? Què té de dolent TV3? Si, al capdavall, últimament està força espanyolitzada... No sé de què es queixen!

> *«En el transcurso de la entrevista prevalece la escasa reflexión crítica tanto en uno como en otros* [Èric i família] *sobre los hechos, quizás motivada por cómo se vive en el entorno familiar la reivindicación del uso del*

catalán como un factor primordial del nacionalismo independentista catalán, ya que Èric usa expresiones como "no he ido nunca a España", "nunca había venido a España, ésta es la primera vez", "los españoles no nos dejan tener nuestra selección catalana de hockey sobre hierba".»

Poca reflexió. Sobre què hem de reflexionar? A casa meva no es viu reivindicant l'ús del català. A casa meva fem vida normal, som catalans i vivim en català. Quan cal defensar el català, ho fem. Però això no vol dir que ens passem el dia reivindicant el català. També queda clar que els apunts que prenia la psicòloga eren inventats, ja que en cap moment vam parlar d'hoquei herba. Vaig parlar d'hoquei, de les seleccions d'hoquei patins, però d'herba res. Es notava que aquella dona no havia vist la televisió, perquè precisament aquells dies es comentava molt que la selecció espanyola d'hoquei patins era a punt de quedar-se sense jugadors si la catalana aconseguia el reconeixement oficial.

«"Colgué [Èric] *lo de la quema de banderas españolas en mi página web para tener más visitas, porque hay gente a la que le gustan estas cosas." Aun reconociendo que esto es ilegal, no lo incluye en el ámbito de la violencia. En cambio se le pregunta qué sentiría él si viera las mismas imágenes con la bandera catalana y manifiesta que "odio".»*

Jo no vaig reconèixer en cap moment que allò fos il·legal. No ho és pas una foto. Cremar una bandera és il·legal

–la catalana ja sabem que no–, però tenir la foto d'una bandera cremant-se no ho és. Des de quan tot el que és il·legal és violent? A més, als diaris, a vegades, surten fotos de banderes espanyoles cremades. Com és que aquestes no són il·legals? Jo tampoc no vaig dir que senti odi quan veig cremar-se una bandera catalana, vaig dir que no miro mai aquesta mena de fotos. Em preocupo més d'altres coses, com ara les morts que hi ha cada dia al món per raons de fam, que no pas de si algú crema una bandera o no. Realment va escriure el que li va donar la gana. De tota manera, potser s'haurien de preguntar per quins motius hi ha gent que crema banderes espanyoles.

> *«Mencionar también que es la madre la única que utiliza exclusivamente el catalán a lo largo de toda la entrevista, que se celebra con traductor, y manifiesta no sentirse con libertad para decir lo que piensa por temor a perjudicar a su hijo, por lo que es difícil valorar dado el control que mantiene durante la entrevista.»*

Cal fer constar que la meva mare parla esclusivament en català? Què passa, és un delicte? Atempta contra la Constitució, això? Vol dir, a més, que com que la mare no perd la calma durant l'entrevista, a la psicòloga li resulta difícil manipular les seves paraules? Com saben que tinc «*buenos hábitos de estudio y prefiere estudiar en su cuarto, solo*»? D'on han tret que la meva assignatura preferida és l'anglès? Jo em pensava que la meva assignatura preferida era el castellà, perquè no fem mai res i puc dormir. L'informe diu que la de castellà «*es la asignatura que menos le gusta*». Bé, en aquest cas no posaré en dubte les seves paraules. Una altra cosa: des de quan ser representant dels alumnes en el Consell Escolar vol dir «*tener un carácter reivindicativo*».

> «*Los padres insisten en lo mucho que le ha afectado esta situación en los estudios a los dos* [germans] *pero no mencionan ninguna crítica respecto a los hechos.*»

Tornem-hi. Quins fets? «*Tiene una amiga íntima que hace remo.*» Ah sí? Des de quan? No ho sabia. Però si ella diu que tinc una amiga íntima que fa rem no ho posaré en dubte. Al capdavall, ella és una *professional* i jo no. Jo, com hauria de saber que tinc una amiga íntima que fa rem? Però bé: a veure si la conec aviat, aquesta amiga íntima.

> «*Expresa el deseo de continuar y mejorar la página web "El Ejército del Fénix".*»

Sí, i què? A més, la meva pàgina es diu l'Exèrcit del Fènix.

> «*En ocasiones hay que centrarlo en la pregunta, ya que en la respuesta realiza un discurso mitin en defensa de la lengua catalana fuera del tema que nos ocupa.*»

No estàvem parlant de mi? Si ella em feia un discurs sobre la Constitució o sobre les seleccions espanyoles –fora del tema que ens ocupava–, no m'havia de defensar?

> «*...parece que la familia es partidaria de la corriente nacionalista catalana...* [...] *Puede parecer como factor*

de riesgo que respecto a los hechos objeto del expediente sólo aparece preocupación por las repercusiones legales, manteniendo que él no amenazó...»

Això de la «*corriente nacionalista catalana*» deu ser un delicte molt greu a Espanya. Sóc un perill públic per defensar l'etiquetatge en català? És preocupant que vulgui continuar-lo defensant i enviant més correus?

Tot l'informe és així. Té vuit pàgines i totes tenen el mateix to nacionalista espanyol. La conclusió a què arriba és que sóc un nen molt violent, ja que a casa parlem en català i miro TV3.

* * *

La tarda del segon dia a Madrid va ser molt més tranquil·la que la primera. Ens va costar trobar un restaurant al centre que no fos car i que no tingués cua a la porta. Al final vam entrar en un que era al costat d'una comissaria de policia, molt a prop del Congrés. Es deia *Los pinchitos* i recordo que tenia les taules i les cadires negres i que les parets eren de color taronja. Si us en parlo és perquè quan va arribar el moment de pagar no ens volien cobrar. No, no és que els catalans ho tinguem tot pagat a Madrid –ja ens tocaria amb l'espoli que ens fan–, sinó que no ens admetien la targeta Visa de Caixa de Catalunya.

–*En Madrid las visas de Cataluña no sirven* –ens van dir.

Aleshores el meu pare –això és un pare– els va contestar:

–*Pues mira, si queréis cobrar, aquí tenéis la tarjeta. Si no, adiós.*

I tant que van cobrar! El més curiós és que just davant mateix del restaurant hi havia una agència de Caixa de Catalunya. Va ser un numeret fort que indica moltes coses, però com que nosaltres veníem d'enfrontar-nos a l'Audiència Nacional ja no ens venia d'aquí...

Al vespre, a l'estació de Chamartín, mentre esperàvem el tren, la mare parlava amb un periodista i jo em vaig connectar a Internet. La meva pàgina web era plena de missatges i la de Supermercats DIA estava col·lapsada per l'allau de correus de protesta que estaven rebent. Fantàstic. Ja s'havia fet públic que era DIA l'únic que m'havia denunciat. El tema es va escampar d'una banda a l'altra dels Països Catalans i es va aconseguir una unitat que feia molt de temps que no es veia. De fet, va ser aquesta unitat la que va aconseguir que tres mesos després DIA retirés la denúncia –s'hi va resistir, eh?– i que a Madrid tanquessin el cas. Aquesta és la lliçó que hauríem d'aprendre: que units som molt més forts, que amb unitat tot és possible. Per això vam guanyar.

Quan per fi vaig pujar al tren, camí del meu país, estava molt content. Durant tots aquells dies no havia parat de fer-me la mateixa pregunta: «Podré tornar a casa?» Ara ja era camí de casa i respirava feliç.

VII

Un final «feliç»

Els dies següents van transcórrer amb tranquil·litat. L'únic que em neguitejava eren les declaracions de la mare a la premsa. Vaig tenir molts problemes amb ella per aquesta qüestió. Jo necessitava parlar i la mare no em deixava.

–Mare, necessito expressar-me, necessito explicar com em sento.

–Qualsevol cosa que diguis la utilitzaran en contra teva, i et podrien tancar.

–M'és igual.

–Què vols, ser un màrtir?

–No vull ser un màrtir, però m'estimo més estar tancat que estar malament del cap.

–A veure, Èric, el que ha passat és molt greu. Tens sort de ser aquí. Jo ja m'he fet el passaport per poder marxar del país de seguida si et fan anar a judici.

Anar a judici era una de les dues opcions que hi havia. L'altra era que enviessin el cas a l'Audiència Provincial de Girona i que allà l'arxivessin. Aquesta segona tenia moltes possibilitats de prosperar, però també m'havien dit al principi que arxivarien el cas i bé que hi vaig acabar anant, a Madrid... És difícil girar full quan saps que qualsevol dia et pots veure obligat a agafar el cotxe i exiliar-te. «El primer exiliat polític de la democràcia: un nen de catorze anys.» Sonava fatal, això, però vam estar molt a prop de sentir aquesta frase en un Telenotícies. Heu de tenir en compte que tant els meus pares com jo érem conscients que si hi havia judici seria per tancar-me. Si no havíem pogut aturar-ho fins aleshores, difícilment podríem fer-ho més tard. També es podia repetir la mateixa operació de l'altra vegada i venir vint policies a buscar-me obligant-me a deixar-ho tot sense temps d'acomiadar-me de ningú. Abans que passés això, però, teníem previst anar-nos-en a un altre país, no teníem cap més opció.

Per sort, els suports van continuar. En vaig rebre un del FC Barcelona. Un directiu em va convidar a veure el partit contra la Reial Societat des de la llotja. També recordo el gest d'una dona que era a l'oficina on treballa la meva mare i que em va reconèixer un dia que jo era allà. Em va abraçar i em va fer dos petons. Segons una enquesta de Vilaweb, van dir que jo era el segon català de l'any 2004. Aquestes són coses que animen molt, perquè el problema no desapareix pel sol fet que la tele ja no en parli. Quan la mare va parlar amb la secretària de Josep Bargalló, aquest no va trigar ni cinc minuts a telefonar-nos. Ens va dir que parlaria amb María Teresa Fernández de la Vega, vicepresidenta del govern espanyol, i que ja em diria alguna cosa. Doncs bé, al cap d'uns quants dies em va tornar a trucar. També ho va fer el diputat de CiU Jordi Xuclà, que ens va dir que el partit s'oferia a pagar-nos un advocat. Ho vam agrair, però ja teníem el nostre. De fet, hi va haver molts polítics d'ERC, ICV i CiU que em van donar el seu telèfon privat i que es van preocupar per mi. M'hauria fet il·lusió tornar-los a veure i parlar-hi. Els veig per televisió, és clar, però és diferent. També podria haver-los trucat jo, és cert, i més d'una vegada ho he volgut fer, però la mare, intuint les meves intencions, em va amagar els seus números. Diu que no els he de molestar. També m'agradaria tornar veure els diputats del PNB. A més, n'hi ha algun que encara em *deu* un partit de futbol i un intercanvi al País Basc. M'encantaria aprendre l'idioma del seu país.

Us explicaré una anècdota. Un dia els meus pares van anar als Supermercats DIA, de Lloret, i van emplenar un full de reclamacions. Van escriure «Jo també sóc terrorista. Jo també vull l'etiquetatge en català!» Al cap de pocs dies van trucar-nos i ens van dir que estaven molt ofesos per la nostra reclamació. Pobrets, quina pena que em fan. Les coses que els fan més mal, a banda del boicot, és que la gent utilitzi el full de reclamacions o que els retorni la targeta de client. DIA només va trucar-nos dos cops. L'un per mentir-nos, dient-nos que no m'havien denunciat –cosa que fa gràcia, perquè segons la resolució del cas que tinc davant: «...*se inician* [el sarau de la Guàrdia Civil] *como consecuencia de la denuncia presentada el día 29 de septiembre de 2004, por el jefe de seguridad de los Supermercados DIA...*»–, i l'altre per fer-se els ofesos. Doncs ho tenen clar. Mentre no es disculpin públicament, ens paguin totes les despeses i etiquetin els seus productes en català no cal que tornin a trucar.

Una professora del meu germà li va dir que li feia l'efecte que hi ha una cèl·lula d'Al-Qaida amb un nom que té a veure amb Fènix. Renoi! Per fi ho vaig entendre tot! Resulta que a mi m'han fet tot això perquè Al-Qaida es volia integrar a la societat catalana i havia decidit que a partir d'ara faran atemptats demanant l'etiquetatge en català. És a dir, que darrere de tota reivindicació per la llengua catalana hi ha Al-Qaida. Us adoneu de fins a quin punt manipulen i barregen la reivindicació dels nostres drets amb el terrorisme? De fet, un guàrdia civil va insinuar que es pensaven que jo era d'Al-Qaida i d'ETA.

Finalment, m'han tornat l'ordinador. Estava esquerdat, tenia vint-i-nou virus i un xiclet enganxat a la carcassa (quina mala llet!). L'he canviat perquè la placa base segur que, *accidentalment*, està manipulada. Les bandes nazis del meu institut continuen amenaçant-me, però a ells l'Audiència no els cridarà mai. No em fa por dir-ho en aquest llibre, perquè sé que no se'ls acudiria mai obrir un llibre... M'ha agradat molt que les JERC i la Plataforma per la Llengua fessin actes de protesta en alguns supermercats DIA, em consta que això els fa molt de mal. Després ens vam assabentar que el març del 2005, és a dir, mig any després de l'atac policial que vam patir, el meu cas havia passat a l'Audiència Provincial de Girona i que aquesta l'havia arxivat. Diuen que està bé el que acaba bé, oi? Però us confesso que, malgrat el temps que ha passat, quan sento remor de gent o de cotxes a prop de casa a mitjanit no puc evitar mirar per la finestra. Hi ha agressions que queden molt endins.

* * *

La narració dels fets s'acaba aquí, però el cas continua. I continua perquè, encara que ells han tancat el cas, nosaltres l'acabem d'obrir. Ja hem presentat una queixa al fiscal general de l'Estat contra la fiscal i una queixa al Col·legi de Psicòlegs contra la psicòloga. I a partir d'ara, amb el suport de molta gent, alguna de molt coneguda per tots nosaltres, intentarem denunciar l'Estat espanyol davant les Nacions Unides, el Tribunal de Drets Humans d'Estrasburg i Amnistia Internacional per violació dels meus drets com a menor, en particular, i com a ésser humà, en general. Esperem que les queixes que presentem a aquests organismes no tinguin la mateixa resposta que la de l'Audiència Nacional, que ja ens ha contestat dient-nos que han investigat les queixes i que *«no hay indicios»*. L'advocat ens ha dit que aquestes coses van així: l'inspector pregunta a la fiscal si és cert el que nosaltres diem, ella contesta que no i aquí s'acaba tot. Aquesta és la investigació que fan. Ara hem recorregut a una instància superior, a veure per on surten... Però ho continuarem intentant fins al final.

Hi ha una cosa que voldria remarcar, i és que amb tota aquesta història han perseguit un únic objectiu: atemorir-nos. El problema és que han anat per llana i han tornat esquilats, perquè gràcies a tot plegat hi ha hagut molta més gent que ha pres consciència de la situació de menyspreu que pateix la nostra llengua i que s'han convertit en *terroristes pacífics* que exigeixen l'etiquetatge obligatori en català. És un dret fonamental nostre i no hi hem de renunciar. Com a cosa positiva, he de dir que hi ha una fundació que s'ha ofert a pagar-me totes les despeses, però vol mantenir el seu nom en l'anonimat. Si alguna vegada DIA ens paga les despeses tornarem els diners a la fundació, que sabem del cert que els utilitzarà en algun bon projecte en favor del català. Ah, i l'ajuda de Pasqual Maragall encara l'estic esperant. De fet, ja no la necessito. Només espero que no faci amb tothom el que ha fet amb mi: ignorar-me.

Finalment, em vaig posar en contacte amb en Víctor Alexandre. Ho vaig fer, perquè ell ja m'havia enviat alguns missatges de suport i, després de llegir els seus escrits i els seus llibres, vaig pensar que era una gran persona. Molts segurament ja el deveu conèixer, és un escriptor genial. Li vaig comentar la idea de fer un llibre i es va posar molt content. Em va donar algun molt bon consell i em va recomanar al seu editor, l'Isidor Cònsul. Els vaig ensenyar l'esborrany a tots dos i els va agradar molt. Aleshores en Víctor em va fer algunes recomanacions per millorar el text i el resultat final és el que teniu a les mans. Moltíssimes gràcies des d'aquí al Víctor i a l'Isidor per la seva confiança i ajuda.

No voldria acabar, però, sense donar la meva opinió personal del que ha significat tot això per a mi. Vull que tothom sàpiga de quin pal va l'Espanya profunda i perquè tothom s'adoni de la gravetat de l'experiència que he hagut de viure amb catorze anys. Per això he escrit aquest llibre, per denunciar públicament l'agressió que he patit com a català. Ha quedat demostrat l'analfabetisme de DIA, perquè no saben llegir. Jo els vaig demanar una resposta per correu electrònic i, francament, per correu electrònic no ho ha estat pas... Això sí, em sento afalagat que vinguessin vint persones expressament des de Madrid a portar-me la resposta. Ara bé, no calia... El que encara no m'han contestat és per què no etiqueten en català els seus productes. Si ho fan, si em contesten –m'encantaria que ho fessin–, només els demano una cosa: «Feu-ho per via electrònica, si us plau. No cal que m'envieu vint persones armades fins a les dents.»

Gràcies a tothom. Sense el suport que he rebut aquest llibre l'hauria hagut d'escriure en un altre país i el final de la història hauria estat ben diferent. El mèrit, per tant, ha estat de la gent del meu país: la flama de tot un poble en moviment. També vull agrair als meus pares i al meu germà l'esforç que han fet recordant-me coses per poder escriure aquestes pàgines. Sense la seva ajuda (i la de la petita Hotblack) tampoc no hauria arribat fins aquí. El que ve a continuació, per tant, és un petit homenatge a totes aquestes persones amb un recull dels missatges que he rebut i que tant m'han ajudat. Sabia que era impossible posar-los tots –això hauria semblat una enciclopèdia–, però espero que amb els que he inclòs us feu una idea de la importància que han tingut per a mi. Tots, això sí, els guardaré enquadernats per sempre com un valuós record d'aquesta *aventura* que, si una cosa m'ha ensenyat, és que junts ho podem aconseguir tot.

LLORET DE MAR, LA SELVA,
agost del 2005

Apèndixs

Opinió del pare i de la mare de l'Èric sobre l'informe psicològic de l'Audiència Nacional espanyola

Aquestes línies són un extracte de les conclusions a què, com a pares de l'Èric, vam arribar després de llegir l'informe que el gabinet psicològic de l'Audiència Nacional espanyola va fer sobre el nostre fill i sobre nosaltres mateixos.

En primer lloc, la informació sobre les nostres feines i vida laboral no és correcta. Tampoc no ho són les dates i dades referides a la llar d'infants de l'Èric i els seus llocs d'estudi, cosa que demostra que no es va dur a terme cap mena d'investigació després que la Brigada Antiterrorista de Madrid irrompés a casa nostra amb una ordre de registre en la qual ja constaven aquestes paraules: «*a falta de una investigación*».

En contra del que afirma la Secció de Menors de l'Audiència Nacional, mai no hem dit que l'acció del nostre fill fos una «*chiquillada*», atès que mai no ens ho ha semblat. Ni ho crèiem alesshores ni ho creiem ara. Tampoc no hem tingut una actitud crítica sobre els fets de què se l'acusava per la senzilla raó que no va fer res de dolent. Per altra banda, acostumem a llegir els diaris i a veure els informatius de televisió i ja hem vist en diverses ocasions imatges de banderes espanyoles cremant-se. No ens escandalitzem quan les veiem, ens preocupen molt més les víctimes a l'Iraq o la formació de grups mafiosos, infantils i juvenils a les escoles.

Quant als fets protagonitzats per l'Èric –enviar un correu electrònic al servei d'atenció al client de tres empreses demanant que etiquetin en català–, ens semblen bé. És més, si tots féssim el mateix no hi ha dubte que la nostra llengua gaudiria de més consideració.

Tenim la fotocòpia de la primera notícia que va sortir als diaris i podem assegurar que era falsa o, com ara es diu, «faltava a la veritat», ja que es pot comprovar que gràcies a la *gran investigació* de què parla no van aconseguir res més que fer un gran ridícul i atemorir un nen de catorze anys –això sí que és greu– i la seva família. El temps ja ha deixat clar que d'investigació, res de res, ni gran ni petita.

També volem remarcar que hem parlat amb tots els mitjans de comunicació catalans i espanyols que ens ho han demanat, però, curiosament, l'Audiència només en destaca TV3.

Se'ns acusa, igualment, d'escassa reflexió crítica sobre l'acció de l'Èric. Sobre això hem de dir que som catalans i que el nostre entorn familiar també ho és. Per tant, l'única reflexió crítica que fem sobre els fets és que no hi ha fets o, en tot cas, només els que ells han creat. Constatem que parlar català o veure TV3 en família no significa una reivindicació nacionalista i independentista. En tot cas, si som independentistes o no, no interessa a ningú. Ens preguntem si la criminalització pel fet de demanar l'etiquetatge en català i l'al·lusió a les fotografies de crema de banderes espanyoles serà per justificar l'aplicació de la llei antiterrorista en un nen de catorze anys. Té alguna mena de sentit això? Som catalans i intentem viure en català. El problema de l'independentisme el tenen ells, que sembla que estan molt acovardits davant la possibilitat de quedar-se sols.

Les expressions de l'Èric són correctes. Ha anat a Espanya obligat. Quant a la seva defensa de la selecció catalana d'hoquei, no creiem que l'Èric sigui l'únic que ha dit que els espanyols no ens la deixen tenir. Tothom ha pogut veure les coaccions del govern espanyol en aquest sentit. Val a dir, a més, que si l'Èric va tocar aquest tema va ser perquè la psicòloga el va treure. Va ser ella qui volia saber què en pensava i la que el va voler alliçonar sobre la selecció espanyola i la importància d'estar «*todos unidos*».

Amb relació a les banderes de la pàgina web de l'Èric, hem de dir que les va agafar del Google. Són legals les fotografies de banderes espanyoles cremant-se al Google? No hi ha prou valor per enfrontar-se a Google, però sí que n'hi ha per fer-ho amb un nen de catorze anys? Són legals les fotografies que apareixen a diaris i televisions? Ni que sigui indirectament, no guanyen diners difonent aquestes imatges? A quants milers o milions de persones arriben? Recordem que la pàgina web de l'Èric tenia una mitjana de deu visites a la setmana, la meitat eren d'ell mateix i l'altra meitat d'un amic seu. L'Èric ja ha explicat que mai no va emprar l'expressió «odi» referida al seu sentiment en veure banderes catalanes cremant-se. Simplement va dir que no les mirava.

Per què es fa esment que «la mare va declarar en català»? No és un dret? Per què es fa constar com si fos un inconvenient? Si fos anglesa també ho destacarien? Vista la seva reacció davant les fotos de les banderes espanyoles, és ben segur que si la mare hagués dit el que pensava d'ells l'haurien emmanillada i tancada allà mateix. Com és lògic, s'havia de mossegar la llengua per protegir el seu fill. Però tenia el dret i el deure de fer-ho, i de ganes no li van faltar.

L'informe diu que saben quina ha estat la conducta de l'Èric a classe, cosa que no és certa perquè ja hem dit que no hi ha hagut investigació de cap mena. La seva assignatura preferida, a més, no és l'anglès.

Per què parlen de «*castellano*», així, entre cometes? A l'Èric, li agraden els idiomes i parla l'espanyol correctament. Què té això d'estrany? L'espanyol, val a dir-ho, l'estudia per obligació. L'anglès, el francès i l'alemany, en canvi, els estudia per gust. Si no l'obliguessin a estudiar espanyol potser també l'estudiaria per gust i li agradaria més. Per cert, també vol estudiar èuscar, rus i italià.

Ser representant del Consell Escolar significa tenir un caràcter reivindicatiu? Potser sí: un terrorista a l'escola i a la societat. De tota manera, ja hem dit que no hi ha hagut cap investigació a la comunitat escolar.

Diu l'informe: «*Los padres insisten en lo mucho que le ha afectado esta situación en los estudios, pero no mencionan ninguna crítica respecto a los hechos.*» Dúiem cinc mesos dient als mitjans de comunicació que els nostres fills estaven assetjats, que no podien estudiar bé, que es van haver de medicar, ser assistits per psiquiatres i psicòlegs, i que no podien fer els deures correctament per la falta d'ordinadors.

Quant a les activitats pròpies de la seva edat, que l'Èric porta a terme entre atac terrorista i atac terrorista, volem destacar que no passa les hores mortes assegut en un banc del carrer ni s'ha barallat amb ningú ni ha robat moneders o organitzat bandes a les portes del col·legi, com per desgràcia és bastant habitual en nois de la seva edat sense que ningú es dediqui a investigar-ho.

També ens agradaria fer constar que hi ha pocs nois de catorze anys que siguin voluntaris de la Creu Roja. A Blanes, Lloret i Tossa només hi és ell. Ajuda la gent en les donacions de sang, acompanya els avis a votar, recull i empaqueta joguines per als nens necessitats durant les festes de Nadal, especialment per als fills d'immigrants. Aquí, sí que hi passa moltes hores.

Es considera innocent perquè l'únic que va fer va ser enviar un correu electrònic. La resta de coses de què parlen, ni les haurien vistes sense l'aplicació de la llei antiterrorista. Curiosament en tot el comunicat no es parla gens del famós correu electrònic i tota la preocupació se centra en la fotografia de la bandera espanyola cremant-se. Ja tenim més de 10.000 signatures i comunicats de suport, i molts dels seus autors diuen que també tenen imatges d'aquesta mena. Creiem que a Madrid són incapaços d'imaginar el nombre de gent que tenim fotografies així a casa i que, per cert, es multipliquen amb actes com aquest.

A l'apartat «Àrea Personal» es parla de mítings en defensa de la llengua per part de l'Èric. L'Èric no recorda haver fet cap míting, es limitava a respondre. El problema és que quan els parlava de la llengua catalana no els interessava el tema. I el tema del conflicte, ves per on, era l'etiquetage en català, no pas l'etiquetatge en xinès.

El que sí que va fer la psicòloga van ser mítings sobre la Constitució espanyola tot dient que era la millor Constitució que «*hemos tenido nunca*», que era «*una gran Constitución*» i que «*deberíamos estar orgullosos*». Recordem que l'Èric es va estar dues hores sol amb la *psicòloga*. Dues hores que, com diu ell, van ser tan espanyolitzadores com les gairebé quatre que va passar amb la fiscal.

Amb relació a l'educació personalitzada, hem tingut dos fills, però si n'haguéssim tingut quatre l'educació hauria estat igualment personalitzada per a tots. Els informes mèdics fan referència a les crisis d'ansietat, però no fan cap esment dels medicaments que han hagut de prendre els nostres fills ni de l'ajuda psicològica i psiquiàtrica que han necessitat gràcies al nacionalisme espanyol antiindependentista dels seus acusadors. Això, a aquests últims, no els interessa perquè ja ens van dir que els medicaments són el que menys importa, que ells saben molt bé el que es fan.

Ser partidaris de «*la corriente nacionalista catalana*» és un inconvenient per criar i educar els fills? Com saben que som nacionalistes? Perquè parlem català, potser? Si fóssim partidaris del corrent nacionalista espanyol hauríem hagut d'anar a Madrid i viure tot el que hem viscut?

Consideren que un gran factor de risc és que l'Èric només està preocupat per les repercussions legals, ja que continua dient que ell no va amenaçar ningú. Si s'hagués posat a plorar i els hagués demanat perdó –en castellà, naturalment–, ja no tindríem cap factor de risc. A nosaltres, de fet, més que les repercussions legals, el que realment ens preocupa són les persones que apliquen aquestes repercussions. La gent xenòfoba ens fa por. Per això els fem aquestes dues preguntes finals: Què entenen ells per reconduir la conducta del nen? Evitar que exigeixi l'etiquetatge en català?

Rosa Maria i Ferran

Alguns dels missatges més bonics

Benvolgut Èric,

Amb aquestes línies et vull transmetre tanta força com em sigui possible per tal que no defalleixis en les teves conviccions. El que has fet està molt ben fet. És cert que això ha causat un gran trasbals en la teva vida i que Espanya no et compensarà mai per tot el mal que t'ha fet, però jo, que sóc positivista de mena, t'encoratjo a veure la part bona de tot plegat. Si en algun racó del teu cervell hi havia el més mínim dubte que Espanya és l'enemic més perniciós del poble català, ara ja s'haurà esvaït. Fes de la força amb què t'han agredit la teva força. No una força violenta, no una força primitiva, com la seva, sinó la força que dóna saber que lluites per una causa justa, noble i irrenunciable: els drets nacionals del teu poble.

Quan creixis i et facis gran, recorda sempre que no hi ha força més poderosa que la fermesa i la defensa del dret a ser.

Una forta encaixada, amic,

Víctor Alexandre
13 de desembre de 2004

Company,

No ens coneixem. Però aquesta és la màgia d'Internet, oi?

Només vull donar-te el meu total suport a tu i a tot l'Exèrcit del Fènix.

Com diria aquell: Tornarem a lluitar, tornarem a sofrir... tornarem a vèncer!

Salut, endavant i no afluixis, que Catalunya necessita gent com tu.

Un Fènix més,

XAVIER BOSCH
15 de desembre de 2004

Ja fa uns dies que estava informat del que t'havia passat, i m'havia colpit en major o menor mesura, però ha estat a partir de veure't a *El Club*, de TVC, quan he comprovat que la injustícia té cara i ulls i que el teu era un tema especialment greu. M'ha admirat la dignitat nacional que has demostrat malgrat la teva edat, i és per a mi un motiu de satisfacció comprovar que al meu voltant també hi ha gent, especialment jove, que no se sent acomplexada de ser el que som: catalans. Desitjo que el dimecres tinguis molta sort a la vista que et faran a la metròpoli i que ben aviat puguis seguir lluitant amb normalitat pel somni que, de ben segur, compartim. Molta sort d'un company de viatge i Visca la Terra!

GERARD FUREST
13 de desembre de 2004

Fènix, no has fet res mal fet; al contrari, has demostrat tenir dignitat. Pots anar amb la cara ben alta. Si jo fos el teu pare estaria orgullós de tu.

JOAN VILAMALA
13 de desembre de 2004

Hola, veig que estàs passant uns moments no molt agraciats. Però desitjo que tot s'acabi i que aconsegueixis, amb els qui t'estan donant suport, el que ja fa molt de temps que hauria de ser. De veritat, m'encantaria ser amic teu, només per ser com ets, per tenir els nassos que tens i per poder-te ajudar... Que sàpigues que encara que visqui a Barcelona, i no al costat de casa teva, estic amb tu.

Hem de lluitar tots junts per aconseguir el que ens mereixem i el que és just i ha de ser.

Espero que tot surti bé...

JOSEP ANTONI
13 de desembre de 2004

Perquè et facis una idea, tinc 43 anys, dos fills, estic pelat, sóc d'Alcoi i estic superorgullós d'haver trobat un heroi com tu.

El que passa és que sé que ser un heroi és molt més dur del que diuen a la tele, perquè el dia a dia el passes tu sol (amb la teua família) i els altres només et recolzen de paraula. Després et quedes tu sol amb els teus pensaments i temors per haver-te creat enemics i problemes.

La teua joventut, naturalitat i manca de maldat et dóna un caràcter especial que amb el nom del Fènix alimenta el coratge d'aquells que fa molts anys que anem pegant contra parets que no es menegen i que hem gastat calories, adrenalina, tinta i temps per aconseguir defendre llengua i cultura pròpies.

Gràcies per renàixer Fènix1123!

El Paco
15 de desembre de 2004

Amic Fènix, des de Mallorca rep el nostre suport i una abraçada. Si algun dia véns a Mallorca, ja ho saps, ens envies un e-mail. T'esperam amb els braços oberts.

Jaume Sastre
15 de desembre de 2004

Hola Èric,

El meu nom és Albert Batalla i Siscart. Sóc de la Seu d'Urgell i en aquests moments sóc el president de la Joventut Nacionalista de Catalunya (les joventuts de Convergència) i també sóc diputat al Parlament de Catalunya. Només volia dir-te que la situació amb què t'has vist embolicat és incomprensible i que tens tot el meu suport i solidaritat. Suposo que ja deus haver declarat, però jo encara no he vist enlloc com t'ha anat. Estic convençut que t'haurà anat bé i que aquest malson s'acabarà aviat. Sigui com sigui, sobretot no deixis que aquest fet et tregui la il·lusió de treballar per la nostra llengua i pel nostre país. Catalunya necessita joves com tu que la defensin en pau i amb convenciment. Si necessites, tu o la teva família, qualsevol cosa amb què us pugui ser d'utilitat, no dubteu a posar-vos en contacte amb mi.

Moltes gràcies i ànims.

Albert Batalla
15 de desembre de 2004

Benvolgut Èric,

En aquests moments tan difícils per a tu i la teva família, vull enviar-te una abraçada, donar-te el meu suport i agrair la teva valentia i el teu patriotisme. Tant de bo n'hi haguessin molts més, de catalans com tu! Gràcies per defensar el país, gràcies per defensar la llengua, gràcies per tot, company!

Alexandre Lloreda
15 de desembre de 2004

Pots comptar amb mi per al que necessitis. Ets un tio molt ferm. Cuida't molt. Una abraçada.

Joan Manel Puig
15 de desembre de 2004

Molt bé, noi!

Els maldecaps que ara passes són el resultat de sumar la covardia de massa catalans i la follia anticatalana de la majoria d'espanyols. Però la teva acció i l'enrenou que estàs vivint ens ajuden a creure que encara podem resistir i fins i tot podem arribar a guanyar.

Gràcies per tot i endavant! Amb humor, pacíficament i amb murrieria...

JOSEP MARIA GRANÉ
15 de desembre de 2004

Èric: Et faig arribar la meva admiració per la fermesa que demostres en la defensa dels drets dels catalans.

JOAN M. SERRA
15 de desembre de 2004

Ànims, estem amb tu!

MARTA MAS
15 de desembre de 2004

Et volem saludar des de Mataró. Has demostrat a tothom que ets un heroi, defensant la nostra llengua davant dels que la volen minoritària i/o morta.

Volem encoratjar-te perquè continuïs fent-ho i no tinguis cap por, que això és el que ells volen.

Tu no ets cap terrorista, ets un ciutadà que vol justícia i que defensa pacíficament els nostres drets nacionals i humans.

Afectuosament,

FAMÍLIA BRUGUERA PARULL, DE MATARÓ
15 de desembre de 2004

Hola Èric!

Sé pels mitjans de comunicació com ho estàs passant de malament, però tinc l'esperança que el teu exemple com a defensor cívic i pacífic de la nostra llengua tindrà molts seguidors que sense entrebancs ni malentesos demanaran també que d'una vegada es respecti el català en tots els àmbits del seu ús social. Pensa en aquelles persones que amb una solitària acció, un dia qualsevol, aconseguiren canviar un *statu quo* que semblava immutable..., com ara la dona de color que una vesprada, esgotada pel seu treball, es negà a canviar de seient al bus i cedir-lo a un blanc. Ànim, Èric, jove i coratjós defensor dels drets civils i d'una cultura, potser minoritària, però tan respectable com la que més.

Una forta abraçada solidària,

EVA PEYDRÓ
15 de desembre de 2004

Ànims, Èric. Ets un valent. Gràcies en nom dels que no ho som tant.

XAVIER GRAELLS
15 de desembre de 2004

Hola!

Ànim noi! T'envio les meves dades i les de la meva mare, que diu que ets un xicot molt valent i seriós. Té 73 anys i pensa que és la joventut com tu la que fa que el món millori. Treballo a Justícia, i puc dir-te que legalment no et poden fer res..., però amb el que t'han fet ja t'han causat prou mal. Potser et maregen una temporadeta més, però no fotis cas, la por és el que els mou. I sobretot la ignorància.

Una abraçada,

Àngels M.
15 de desembre de 2004

Estem amb tu, Èric. Una abraçada.

Maria Bosch i Marina Montserrat
15 de desembre de 2004

Hola, som un grup independentista que precisament hem donat suport i promocionat les accions per les quals s'està jutjant l'Èric, entre d'altres. Si ell és terrorista, jo també ho sóc. Tots ho som.

Salut!

www.somiseremcatalans.tk
15 de desembre de 2004

Només sóc una «madrilenya» que visc a Barcelona i parlo català, però t'envio tot el meu agraïment per ser com ets.

Un petó,

Gemma Aldea
15 de desembre de 2004

Donc el meu suport a Fènix 1123.

LLUÍS MILLANS
15 de desembre de 2004

Estoy contigo tío. Al final va a parecer esto Estados Unidos. Ánimos y un abrazo.

SERGIO CASIN
15 de desembre de 2004

Hola Èric. Avui t'he vist diverses vegades a la tele. Em sap molt greu tot el que esteu passant tu i la teva família. Només et vull donar ànims, has de ser fort, saps que no estàs sol. Tots els catalans i catalanes estem amb tu. Quan et sentis sol rellegeix tots els correus que rebis i sobretot no t'enfonsis.

Has estat molt valent, continua endavant i no pateixis perquè estic segura que tot anirà bé.

Ànims maco, un petó,

KARME MONTSERRAT
15 de desembre de 2004

Hola noi!

Sók una tia de 16 anys k stik molt indignada x tot el k has hagut de passar. Penso k és molt trist kom van les koses aktualment i m'alegro k persones kom tu hi posin kollons a l'assumpte i diguin la seva. T'animo a k mai et rendeixis ni et deixis reprimir x akells k kreuen ser superiors, per un govern feixista i per la diktadura kamuflada en què estem vivint! T'envio molts besos des de Girona, no canviïs mai... i no permetis k t'afektin els comentaris d'akells k no comprenen les paraules, d'akells egoistes de Madrid... sí, sí, d'akells kabrons k no+ ens xuclen les peles. Suposo que no podràs contestar akest mail xk te'n deuen arribar molts. Però una compatriota gironina està al teu kostat. Vinga, agur, salut i revolució!

Helena Ventura
15 de desembre de 2004

Èric, dono el meu total suport a la teva acció. No estaràs sol. Som molts els que pensem el mateix i no ens hem atrevit a fer l'acció (tan «perillosa» per a l'Estat i les empreses implicades). Ja comença a ser hora que ens mobilitzem com a poble i no ens deixem trepitjar. Estem ben adormits com a país. Mobilització JA en suport de tots els que són valents per defensar els drets propis, que són de tots.

Endavant!

Manel Monmany
16 de desembre de 2004

Ànims i enhorabona. Aquest nen ja ha fet més que alguns que som grans.

Ramon Baranera
16 de desembre de 2004

Endavant, noi. No et desanimis. Pensa que hi ha molta gent que està amb tu i que, si fa falta, sortirem al carrer. Ens falten més joves com tu. Gràcies per ser com ets.

Una abraçada,

PILAR NICOLAU
16 de desembre de 2004

Hola Èric,

Vull dir-te que espero que tothom que se senti català segueixi el teu exemple. El teu cas està despertant moltes consciències catalanes que estaven adormides. Gràcies per mostrar el camí.

FERRAN MULA
16 de desembre de 2004

Ei guapíssim...! Sóc l'Eva de BCN. Només dir-te que tens el meu recolzament i el de tota la meva família i que tot anirà bé. Fa goig que gent tan jove com tu defensi el que estima, com ara la nostra llengua. Ànims!

EVA RUIZ
16 de desembre de 2004

Hola. Aquest és un missatge per a l'Èric. Em dic Jordi Navarro, sóc de Girona i militant de la CUP (Organització Municipalista de l'Esquerra Independentista).

Vull mostrar-te tot el meu suport a tu i a la teva família i dir-te que no estàs sol. Si cal ens mobilitzarem tot el país per fer-te costat. M'agradaria molt poder parlar amb tu o la teva família per tal d'ajudar-vos en el que necessiteu.

Si us plau, si necessites res, no dubtis a enviar-me un correu. Ànims i Visca la Llibertat! Què volen aquesta gent?

JORDI NAVARRO
15 de desembre de 2004

Hola Èric!

Encara que sóc una persona bastant gran, he seguit el teu cas i t'encoratjo a seguir tan valent. El nostre país necessita persones valentes, educades i respectuoses com tu. És la impressió que m'has causat quan t'he sentit a la televisió. Una vegada més s'ha posat de manifest la incompetència i el cacau mental que té la nostra Justícia. Quina llàstima i quin error que vulguin tallar ales a persones joves amb iniciativa, els polítics del futur...

Ànim i no defalleixis. Estem amb tu. Una abraçada.

ROSER CABANAS
17 de desembre de 2004

Hola Èric!

Em dic Mireia, sóc de Puigcerdà. No sé si em recordes, ens vam conèixer a Talamanca en unes colònies d'estiu. Trobo molt valent el que has fet i crec que si hi hagués més persones com tu tot plegat aniria millor. No sé si et servirà d'alguna cosa, però vull que sàpigues que tens tot el meu suport i el de tot Catalunya i que trobo que són uns malparits tots aquells que t'han enviat e-mails feixistes. Sé que tens molta feina i que són molts els missatges de suport que t'arriben, però contesta'm tan aviat com puguis, si us plau, perquè estic molt angoixada.

Sigui com sigui, un petó molt fort i que sàpigues que molta gent està amb tu! Ets una de les persones més valentes de Catalunya, perquè tu sol has dit en veu alta tot el que un poble pensava en silenci. Si us plau, agrega'm al MSN, m'agradaria moltíssim parlar amb tu.

Tot sortirà bé! Crec en tu!

MIREIA RESPECTE
18 de desembre de 2004

Et felicito pel coratge que demostres defensant les llibertats catalanes.

JOSEP RAICH
20 de desembre de 2004

Del grup La Gossa Sorda, tot el nostre suport, Èric, i les teues iniciatives en defensa de la llengua. No ens faran callar. Endavant i força. Fins a la victòria, sempre.

JOSEP NADAL
en nom de La Gossa Sorda
20 de desembre de 2004

Èric,

No oblidis mai que David va vèncer Goliat... Que siguis feliç i més lliure que nosaltres!

Josep-Lluís Carod-Rovira

Ei, nano, deixa'm que t'expliqui una història!

Actualment hi ha un enorme bloc de gel amagat sota l'aigua (el poble de Catalunya) que intenta ser destruït per un gran vaixell que per fora sembla bonic i que per dins està ple de misèries. Els tripulants estan molt emprenyats perquè l'obstacle se'ls resisteix i sembla indestructible. Però és que, a més, té una punta molt ferma que es coneix com la Punta Èric.

No deixis que et fonguin. Nosaltres formem part del mateix bloc compacte i, tot i estar sota teu, et donem tota la nostra força perquè la utilitzis. Obre les ales i vola ben amunt, Fènix!

Jordi Bou
15 de desembre de 2004
(Resum d'una metàfora
molt llarga i bonica sobre el poble català)

Por de tancar el llum
(Fragment d'una cançó
que em va dedicar una gran amiga)

Por de tancar el llum.
Por que aquell raig de llum que cada nit em visita no aparegui.
Espero que em recordis, perquè jo et recordo molt.
Ja us vau endur Puig Antich, encara voleu un altre català?
Un amic m'heu tret i ara ja no sé on és.
Esguerreu la vida de les persones sense pensar en els altres.
Un bon amic: Èric! Et crido en silenci, però no et trobo.
Tinc por que el raig de llum no aparegui més.
Poli és igual a feixisme, defensar una llengua no és delicte i demanar igualtat molt menys.

Miss Rondinaire (Natàlia)

Breu recull d'articles i cartes als mitjans de comunicació

«L'assetjament policíac, jurídic i, per damunt de tot, psicològic que ha hagut de suportar aquest heroi de catorze anys, té la virtut d'evidenciar una important paràlisi política i cívica, així com una incomprensible confusió del llenguatge. Primer. En ple debat sobre 'l'Espanya plurinacional', el cas de l'Èric ofereix una clau interpretativa molt nítida: un adolescent és acusat de terrorisme perquè signa els seus innocents (i irònics!) correus amb el nom d'un exèrcit imaginari provinent del camp de la ficció literària; mentrestant, en paral·lel, el ministre de Defensa José Bono, i l'executiu de govern que assumeix les seves paraules, ratifiquen la funció d'integritat territorial que desenvolupa l'exèrcit i desestimen signar una clàusula que obligui aquest exèrcit –amb els seus tancs reals i tangibles, gens de ficció– a no envair una de les parts de l'Estat si aquesta iniciés un procés de secessió per mitjà d'una via democràtica. Segon. [...] Per què, davant d'un atropellament com aquest, Pasqual Maragall no ha dit res? És aquest, l'estil polític que desitgem, desvinculat de tota obligació de representativitat i de defensa?»

LLUÍS MUNTADA
El Punt, 19 de desembre de 2004

«Tot plegat faria pena si no fos que molesten la criatura, la forcen a desplaçar-se a Madrid (és a dir, que indirectament li donen la raó), i li regalen un protagonisme i una aurèola que tampoc no són bons per a la seva evolució. [...] No únicament duran les criatures a declarar a Madrid i intentaran enfonsar les empreses catalanes; potser fins i tot prohibiran que els menors llegeixin per evitar que la literatura els decanti cap al deliri o a cometre aberracions com ara defensar els propis drets.

Jo, en canvi, ho veig diferent: és a base de llegir que les criatures entenen la força que poden arribar a tenir les paraules i el valor de certes actituds.»

JORDI COCA
Avui, 19 de desembre de 2004

«Al món on ens ha tocat viure és molt menys car clavar una ganivetada a un jove independendista, llançar la dona per la finestra, ser un empresari que llenci residus en un riu o deslocalitzar una empresa i fotre a fora centenars de treballadors, que no pas enviar per correu electrònic un missatge més o menys irònic o reivindicatiu. Hi ha coses amb les quals no es pot jugar, l'Estat i els seus representants (símbols, prefectes) i les empreses i els empresaris també són sagrats.»

JOSEP C. SERRA
President del Casal Jaume I de Perpinyà
Vilaweb, 20 de desembre de 2004

«El fet inicial que ha portat aquest nen –als catorze anys està protegit per la llei del menor– a declarar a l'Audiència Nacional no és cap motiu. Aquest tribunal ha demostrat mala fe, una arrogància i un menyspreu per les lleis que fa feredat. I una falta de seny inexplicable.

[...] El jove implicat en aquest afer se l'ha lliurat al circ dels mitjans de comunicació sense cap protecció. Els mateixos mitjans acostumen a protegir tots els menors, siguen presumptes culpables d'assassinat o víctimes d'abusos sexuals –o això diu el codi deontològic–, però en aquest cas s'ha obviat aquesta regla i la majoria de mitjans n'han tret imatges.

L'actuació de l'Audiència Nacional, si tenim en compte aquest fet, pot ser qualificada d'irresponsable. Si vol ser una "lliçó" per al jove, és tan desproporcionada com un maltractament. Si vol ser una acció "exemplar" contra els internautes que bombardegen amb missatges, pot ser, fins i tot, contraproduent. La declaració del jove ha coincidit amb la notícia de la mort de Roger, un jove *okupa* apunyalat per un feixista el 15 d'agost en el barri barceloní de Gràcia. Després d'una llarga agonia, el jove ha mort pels danys que li van provocar les ferides. Els seus companys asseguren que el cap rapat neonazi que el va agredir va ser alliberat a mitjan setembre i continua en llibertat. La comparació d'aquests dos casos i el tractament judicial que han tingut condueix a la inquietant conclusió que els adolescents independentistes pacífics són considerats un grup terrorista, mentre que els feixistes adults, organitzats i violents no representen cap amenaça per als ciutadans i la democràcia. Algú podria argumentar que són anècdotes sense més transcendència i poc representatives del funcionament del sistema. Però, si fóra així, l'Audiència Nacional hauria intentat fer marxa enrere, i no s'haguera acarnissat, com ho ha fet, amb el jove de Lloret.»

Editorial
El Temps, núm. 1071,
21 de desembre de 2004

«Quan un nen de 14 anys veu l'arribada a casa seva d'un nombre elevat de guàrdies civils que el vénen a detenir, i després ha de declarar llargament a l'Audiència Nacional a Madrid, ens preguntem: això no constitueix un maltracte psicològic? No és probable que aquest noi, en el futur, tingui seqüeles psíquiques? Què hem de pensar si tot això és conseqüència d'un 'fet tan poc violent' com la transmissió d'e-mails a empreses perquè retolin en català els seus productes, en vista a complir la legislació vigent? Què hem de pensar d'una llei que permet aquests excessos que maltracten el sentit comú? Què hem de pensar dels polítics que van fer possible aquestes lleis?»

Emili Chalaux i Ferrer
President d'ACAT
(Acció dels Cristians per l'Abolició de la Tortura)
El Punt, 22 de desembre de 2004

«Els catalans no estem pas discriminats, sinó que ens tracten amb igualtat i equitat. És fals. I per palesar aquesta falsedat, us faig una proposta. La situació és la següent: Resulta que un noi de 14 anys, de llengua castellana, en un poble de la Corona de Castella, un dia veu que un supermercat i una cadena no tenen les etiquetes en castellà i fa un correu electrònic i tramet una queixa en què exigeix els seus drets lingüístics. Us penseu que hi enviaran la Guàrdia Civil? Us penseu que la Guàrdia Civil farà un escamot de més de vint membres? Us creieu que després de vigilar la casa, la família i el veïnat, un dia d'amagatotis l'escamot entrarà a la casa i començarà a escorcollar-la?

Us podeu imaginar que davant la denúncia d'aquesta guàrdia un jutge espanyol l'inculparà per una llei excepcional, contra el terrorisme, perquè ha demanat les etiquetes en castellà? Pot ser terrorista el que exigeix el castellà? La fiscal continuarà la comèdia i dirà als castellans que van contra la Constitució? El jutge pensarà que això és un tema de bogeria i cridarà una psicòloga perquè investigui sobre l'exigència del castellà a les etiquetes? Aquesta tècnica en la ment humana, trencant la llei, i sense cap emparament legal, dirà que exigir i requerir el castellà és un acte "independentista"? No és terrorista?

Si això no és possible, això vol dir que els catalans no som iguals i que les estructures de l'Estat són iniqües. Si no hi ha igualtat, vol dir que els catalans som un poble sotmès, i que ens hem tornat mesells. Només la dignitat del nostre poble ens pot salvar. Tots aquests que sempre prediquen per una mena d'arcàdia amb la seva societat amb els espanyols, ens estan enganyant i ells també s'enganyen perquè en treuen profit botifler. Els catalans hem de dir prou.

Ens hem d'emancipar d'una policia ètnica, ens volem alliberar d'un poder judicial esbiaixat, i ens volem independitzar d'un poder polític que ens humilia.»

FRANCESC FERRER I GIRONÈS
Regidor independent per ERC
El Punt, 27 de febrer de 2005

«No m'atreveixo a felicitar-te, no fos cas que també em prenguessin a mi per boig i perquè, ja t'ho diré, sóc més covard que tu, que has sabut destacar per la teva coherència en un país tan mediocre, servil i amb un gruix nacional més fi que un paper de fumar.

He volgut fer el seguiment de la notícia, amb l'objectiu de veure si gent sempre sensible a la vulneració dels drets personals feia alguna referència a la teva desprotecció psicològica, atesa la teva edat tan jove que fa que, en teoria, estiguis protegit per la llei del menor. El teu nom ha estat esbombat a tort i dret, t'han fet anar a l'Audiència Nacional i, a la meva manera de veure, t'han maltractat psicològicament. Però, hem arribat tan avall, Èric, que defensar el país ha esdevingut políticament incorrecte, i fer costat a qui el defensa, també.»

Santiago Cucurella
Director de la Fundació Universitària Martí l'Humà
Avui, 6 de gener de 2005

«Tu i jo i molts milions de persones que vivim per força en aquest Estat no som iguals que els altres ciutadans. Els altres poden anar pertot arreu del territori parlant la seva llengua, comprant en la seva llengua, veient cine en la seva llengua, llegint tota mena de revistes i llibres en la seva llengua, anant als Jutjats i a l'Exèrcit en la seva llengua, parlant al Congrés i al Senat en la seva llengua, examinant-se de conduir o de química o fent tota mena d'oposicions a qualsevol indret del territori en la seva llengua. [...]

Els mitjans de comunicació d'ideologia totalitària es van acarnissar amb tu, ben acomboiats per l'actuació dels poders de l'Estat, que havien enviat a casa teva un escamot de policies increïblement nombrós: exactament igual que si haguessis comès un crim de sang; i després et van sotmetre a uns interrogatoris perversos. [...]

Són ells, que voldrien impedir-te que pensessis i sentissis de la manera que tu penses i sents; que voldrien impossibilitar que la nostra llengua i la nostra cultura continués sent el que és gràcies a milers de persones que durant segles hem lluitat per no deixar de ser el que som. Sento una profunda admiració, un joiós reconeixement cap a tu i una esperançada il·lusió de veure que els joves com tu heu pres el relleu d'aquesta noble, nobilíssima lluita. Encara voldria dir-te una altra cosa. Vaig sentir parlar per ràdio la teva mare i vaig veure que també ella era una dona valenta i noble, una mare digna de tu, com tu ets un fill digne d'ella. Continueu, compatriotes, amb aquesta actitud. Ens teniu a la vostra vora: som molts milers i serem més amb el vostre exemple. Que no hi ha causa més digna, més honorable, més recompensadora que defensar, contracorrent dels totalitarismes, la nostra pàtria, la nostra llengua, la nostra dignitat.»

JOAN SOLÀ
Avui, 10 de març de 2005

Índex